Rudolf Braune
Das Mädchen an der Orga Privat

Die Berlin-Bibliothek
Bd. 2

RUDOLF BRAUNE, geboren 1907 in Dresden, veröffentlichte schon in seiner Jugend erste Artikel und gründete mit nur 18 Jahren gemeinsam mit Schulfreunden die radikalsozialistische Zeitschrift *Mob*, die bald von den Behörden verboten wurde. Mit Anfang zwanzig verfasste er Feuilletons, Reportagen, Erzählungen und Gedichte für die linke Tageszeitung *Freiheit*, wurde dort Redakteur und machte sich mit seinen Feuilletons auch in nationalen Publikationen wie der *Weltbühne* und der *Frankfurter Zeitung* einen Namen. 1928 erschien Braunes erster Roman *Der Kampf um Kille* in Fortsetzungen in der *Freiheit*, wenige Jahre später folgten *Das Mädchen an der Orga Privat* und schließlich posthum *Junge Leute in der Stadt*. Rudolf Braune ertrank mit nur 25 Jahren im Rhein bei Düsseldorf.

Das Mädchen an der Orga Privat

Ein kleiner Roman aus Berlin

von

Rudolf Braune

Mit einem Nachwort von Arnt Cobbers

Jaron Verlag

Zu dieser Ausgabe:
Der Text folgt der ersten Auflage von 1930. Die Rechtschreibung
wurde größtenteils der heute üblichen angepasst, manche Eigen-
arten und Altertümlichkeiten aber auch beibehalten, zum Beispiel
die fehlenden Kommata zwischen zwei Adjektiven und die Verwen-
dung des Pronomens »sie« statt »es« für »das Mädchen«.

Erschienen erstmals 1930 im Societäts-Verlag,
Frankfurt am Main
1. Auflage 2022
Jaron Verlag GmbH, Berlin
www.jaron-verlag.de
Umschlaggestaltung: Bauer+Möhring, Berlin
Satz und Layout: Prill Partners | producing, Barcelona
Lithografie: Bild1Druck GmbH, Berlin
Druck und Bindung: GGP Media GmbH, Pößneck

ISBN 978-3-89773-971-0

Eines Morgens, im Frühjahr 1928, kommt ein junges Mädchen mit dem Leipziger Zug auf dem Anhalter Bahnhof in Berlin an. Niemand erwartet sie. Niemand beachtet sie in dem Gewühl dieses Berliner Arbeitsmorgens, unter dem Rauch eines feuchten traurigen Himmels. Sie trägt einen anscheinend sehr schweren Handkoffer, denn ab und zu nimmt sie ihn in die andere Hand. Das Mädchen geht langsam mit kleinen Schlenkerschritten und betrachtet mit mürrischem, verschlafenem Gesicht die eifrig herumlaufenden Menschen, Bahnbeamte, Verkäufer, Zeitungshändler, Arbeiter und Reisende. Als sie aus der rußigen Halle herauskommt, ziehen gerade die Regenwolken auseinander, und die Asphaltpfützen glänzen auf. Ein matter Schein huscht über die grauen Häuserfronten, springt über Firmenschilder, an Erkern und vorgetäuschten Balkonen vorbei über die Straße bis zu diesem kleinen Mädchen, die einige Minuten am Ausgang des Anhalter Bahnhofs stehen bleibt, ehe sie im Gewühl der Stadt verschwinden wird. Ihr Koffer steht neben ihr auf dem Boden, die großen Hände stecken in den Taschen des braun gesprenkelten Mantels. So sieht Erna Halbe zum ersten Male Berlin.

Sie kommt aus einem kleinen Industrienest in der Nähe von Korbetha im Mitteldeutschen. Ihr Vater arbeitet in der Zeche, sie selbst, das vierte Kind von elfen, hat Stenografie gelernt und Schreibmaschine und vier Jahre bei einem Rechtsanwalt gearbeitet. Die Enge im elterlichen Hause, der ewige Streit und Krach passten ihr nicht mehr. Nach vielen vergeblichen Versuchen und Bewerbungen erhielt sie endlich vor ein paar Tagen eine Zusage aus Berlin. Einhundertdreißig Mark brutto, schrieb die Gesellschaft, Arbeitsantritt Mittwoch früh neun Uhr.

Das war ihre erste große Reise.

Zuerst muss ich mir ein Zimmer suchen, überlegt sie. Sie geht in den Bahnhof zurück und gibt den Handkoffer in die Gepäckaufbewahrungsstelle.

Eine Nacht ist sie gefahren, immer im Halbschlummer, in einem rauchigen Abteil. Auf dem menschenleeren kalten Bahnsteig des Bahnhofs Bitterfeld hat sie ein warmes Würstchen gegessen, das ist alles, was sie während der Reise zu sich genommen hat, nun knurrt ihr Magen.

Man sieht ihr eigentlich nicht an, dass sie noch nie in dieser Stadt gewesen ist. Langsam geht sie durch die bewegten Straßen nach dem Potsdamer Platz hinüber, etwas neugierig, alles genau betrachtend, aber durchaus nicht mit offenem Munde.

Der dürftige Frühjahrsmantel macht das Mädche noch unscheinbarer, als sie schon ist. Die dürren Beine, die unter dem Mantel komisch hervorstelzen, neigen sanft dazu, ein X zu bilden. Erna weiß das, und doch ist sie nicht sonderlich betrübt darüber. Ihr Leben beginnt erst, und vieles wird sich ändern.

Aufmerksam betrachtet sie sich in der Spiegelscheibe eines großen Delikatessgeschäftes. Herrjeh, was hat sie für einen Kopf! Daran ist so ziemlich alles verpfuscht. Die Nase ist zu groß, das rote Haar zu strohig, der Mund zu voll. Am Kinn zieht sich ein ziemlicher Riss entlang, eine Narbe, die von einer schon Jahre zurückliegenden Keilerei mit Jungens herrührt. Selbst an der hohen breiten Stirn fällt ihr nichts Lobenswertes auf, der angenehme weite Schwung, die hervortretenden Hügel über den Augen, all das findet sie nicht sonderlich erwähnenswert, sie bemerkt höchstens den zarten Schleier Sommersprossen, der darüber hinzieht und auch noch auf der Nase ein paar große Tupfen aufleuchten lässt. Sie zieht vor dem Spiegel eine Grimasse; obwohl sie nicht eitel ist, empfindet sie doch eine gewisse Bewunderung für besondere und kostbare Dinge und hat klare einfache Begriffe von schön und hässlich.

In diesem Augenblick fühlt Erna, dass ihr jemand zusieht. Dieses komische Gefühl täuscht sie selten, und sie erschrickt, weil sie gerade eine so hässliche Grimasse geschnitten hat. Sie will schnell weitergehen und kann doch nicht hindern, dass sie ihr Gesicht flüchtig zur Seite dreht. Da steht wirklich, drei Schritt vom Fenster entfernt, ein junger Arbeiter in einer blauen Monteurjacke, die Hände in den Hosentaschen, und lacht ihr augenzwinkernd nach. Sie geht schnell weiter. Na, der Junge pöbelt sie wenigstens nicht an, ihr passen nämlich solche Straßenbekanntschaften nicht. Sie weiß, wie leicht ein Arbeitermädel ausrutschen kann, sie ist vorsichtig, einmal wird sie einen guten Mann heiraten, sie werden Kinder haben und arbeiten müssen, sie wünscht sich ein Minimum an Glück, ihre Gefühle gehen nicht zu weit, denn sie kennt das Leben schon, das Leben von seiner dunkelsten Seite.

Erna geht durch die Leipziger Straße, an Wertheim und Tietz vorbei. Über den Spittelmarkt, zum Alexanderplatz hinuber. Ohne zu fragen, ohne Bescheid zu wissen, findet sie ziemlich genau und gerade den Weg nach dem Osten. Ihr Hunger meldet sich wieder, sie setzt sich auf der Landsberger Straße in einen kleinen Ausschank. Fuhrwerke ziehen draußen vorüber, schwere Lastwagen, ein buntes lustiges Shellauto. Viele Arbeiter, Frauen, die ihre Mittagseinkäufe machen, Kinder, die aus der Schule kommen, ein Zeitungsausrufer. Die Sonne trocknet das nasse Pflaster. Erna kauft eine Buttersemmel, bezahlt einen Groschen und geht weiter. Sie läuft an einem Bahndamm entlang, die Züge fahren dem Schlesischen Bahnhof zu, in der Stadt tuten Sirenen, das scheint schon die

Mittagspause zu sein, ihre Beine tun weh. Sie ist müde. Nur die kleinen Schilder, die an vielen Häusern hängen, beachtet Erna:

MÖBLIERTES ZIMMER
ZU VERMIETEN!

Sie hat noch nie möbliert gewohnt. Sie rechnet mit fünfundzwanzig Mark monatlich, das kann sie ausgeben. Ihr Gehalt wird völlig draufgehen, denn sie bekommt natürlich ihre hundertdreißig Mark nicht ausgezahlt, da gehen noch Versicherungs- und Krankenkassenbeiträge ab. Sie muss essen, sie muss sich Kleider und Schuhe kaufen, und damit sind die notwendigsten Ausgaben noch nicht erschöpft.

Das Eckhaus in der Rüdersdorfer Straße gefällt ihr recht gut. »Dritte Etage« steht auf dem Schild. Eine endlose Front von Fenstern, durch nichts in ihrer Eintönigkeit unterbrochen, zieht sich in der dritten Etage entlang.

Aber Sonnenseite! Im Hausflur toben die Kinder. Eine Frau schreit etwas über das Treppengeländer hinunter. Langsam und bedächtig steigt Erna Treppe auf Treppe, ab und zu reckt sie ihren Kopf hoch, um zu horchen oder um die nächste Etage zu betrachten. Ihr ist zumute, als müsse sie zum Zahnarzt. Oben in der dritten Etage wohnen sechs Familien. Wer wird das Zimmer zu vermieten haben? Unschlüssig liest sie die Namensschilder. Aus der vierten Etage kommt eine Frau mit aufgekrempelten Ärmeln.

»Das wird wohl bei Zimmermanns sein.«

Die Frau aus der vierten Etage bleibt neugierig stehen. Erna klingelt. Eine dicke Schlampe öffnet. Aus der Küche zieht Rauch, viele Kleider hängen im Vorsaal, das ist der erste Anblick. Es riecht nach schlechtem angebranntem Essen.

»Hier herein, mein Fräulein.«

Die Tür knallt zu, Erna muss durch einen dunklen Gang,

eine Tür öffnet sich quietschend zu einem finsteren kleinen Zimmerchen.

»Ist doch nett eingerichtet, nicht wahr? Hier is immer janz still. Bei mir hat sich noch nie ein Untermieter beschwert, der letzte wohnte schon zwei Jahre hier, war ein feiner Herr und is jetzt uff Mongtasche. Hier nebenan, was die Kuhlmann is, die vermietet noch, na, dreckig sage ick Ihnen, det werden Sie jarnich glooben. Und vierzig Mark verlangt die noch dafür. Meins kostet bloß achtunddreißig. Heute, bei die teuren Preise, man muss eben überall sparen. Früher haben wir das nicht nötig jehabt. Aber als Witwe ...«

Die Alte spricht ununterbrochen, nur um Atem zu holen seufzt sie dazwischen. Sie hat eine wehleidige unangenehme Stimme. Ihre aufgedunsenen roten Hände liegen breit auf dem geschwollenen Bauch.

»Ich will noch einmal wiederkommen.«

Erna stottert, sie ist rot geworden und läuft schnell die Treppe hinunter.

Oben knallt die Tür hart zu.

Ach du lieber Gott!, denkt Erna. Ich konnte mich ja in dem Loch kaum umdrehen, und von Sonnenseite war nichts zu sehen. Und achtunddreißig Mark? Etwas muss ich finden, ich muss ein Zimmer finden, ich werde doch nicht den Mut verlieren, was ist da weiter dabei, lieber eine Weile länger suchen und etwas Richtiges finden ...

Und da hat sie sehr recht.

Sie geht in viele Häuser hinein, an denen diese kleinen Schilder hängen, sie steigt viele Treppen, treppauf, treppab, sie sieht kleine Mansardenzimmer, verstaubte Stuben, Großvätermöbel, halbdunkle Kammern. Durch Jalousien fallen spärliche Lichtstrahlen, in denen unzählige Staubteilchen auf und nieder tanzen. Auf Wandbrettchen und Konsolen stehen malerisch gruppierte Nippesgestalten. An den Wänden hängen Stiche mit merkwürdigen Begebenheiten, bunte

Engelbilder, ermahnende Wandsprüche, Gruppenfotografien und immer wieder das »Schiff im Sturm auf hoher See«. Sie sieht auch freundlichere Stuben, aber die Preise sind überall unerwartet hoch. Die meisten Vermieterinnen erzählen lange Geschichten, warum sie ihre Zimmer an fremde Leute abgeben müssen, früher hätten sie das nicht nötig gehabt, aber wie die Zeiten nun eben sind ... Und dabei betrachten sie scharf und aufmerksam das kleine Mädchen, die mit ihren langen herunterhängenden Armen fremd und ein wenig ängstlich in diesen Wohnungen steht. Berechnend schätzen sie Erna ab.

Das Bild der Straßen verändert sich, als Erna tiefer in das proletarische Viertel hineinkommt. Das Pflaster quillt auf, feuchte Flecken karieren den Weg. In den Haustoren muffige Finsternis, Straßen münden in Straßen, nirgendwo endet das, sie weiß nicht Bescheid und geht einfach der Nase nach.

Bin ich deshalb hierhergefahren?, denkt sie. »Hausordnungen« hängen in jedem Hausflur, die gab es in ihrem Heimatnest nicht. Auf den Treppen liegen Abfallreste, die Fenster im Treppenhaus haben große Sprünge, aus den Buntglasverzierungen sind Teile herausgeschlagen und durch einfaches weißes Fensterglas ersetzt worden. Erna sieht das alles nur im Vorübergehen, tief prägen sich diese Einzelheiten nicht ein, aber sie wird müde und traurig dabei. Einmal, gestern, vorgestern und weiter zurück, sollte es doch anders sein ... Berlin! Berlin! ... und das tut weh. Ihr Gesicht zieht sich zusammen, es wird kleiner, entschlossener. Sie will sich nicht über den Haufen rennen lassen. Und sie sucht weiter.

Da wäre also die Wohnung im vierten Stock, »Neumann« steht an der Tür, nein, nicht an der Tür, der Name ist mit Tinte oder Tusche auf den gelben Briefkasten gemalt. Man kann den Namen nur erkennen, wenn man sich sehr nahe an die Tür stellt und buchstabiert. Auch die Frau, die auf Ernas

Klopfen öffnet, steht im Dunkeln, nur die Umrisse sind zu sehen. Ihre Stimme ist sehr jung und zaghaft.

»Ja, kommen Sie doch herein ... ich habe noch gar nicht aufgeräumt ... hier ist die Küche und nebenan das Schlafzimmer ...«

»Und das möblierte?«

»Nein, ich habe kein möbliertes Zimmer zu vermieten, das ist ein Irrtum, Sie müssen in unserem Schlafzimmer wohnen. Das ist keine direkte Schlafstelle, nein, Sie haben es bei uns sehr gemütlich, wir machen das zum ersten Male, weil mein Mann nämlich arbeitslos ist.«

Die junge Frau sieht Erna flehentlich an, große blaue Augen füllen das schmale Gesicht aus, schöne weiche Augen. Im Zimmer ist warme Nachmittagshelle. Schrank und Tisch sind geputzt, der Ofen glänzt, sauber und ordentlich stehen verschiedene Töpfe in einer Reihe. Der Unterschied zwischen der hellen, freundlichen, sauberen Küche und dem dunklen, dreckigen Treppenhaus prägt sich sofort ein. Auf dem Boden krauchen zwei Kinder herum, ein schlafender Säugling liegt in den Armen der Frau.

»Das sind Zwillinge.«

Ein Mann kommt aus dem Schlafzimmer, nur in Hemd und Hose, Sägespäne im Haar, mit schmutzigen Händen.

»Das Fräulein kommt wegen der Schlafstelle.« Die Frau sieht ängstlich zu ihrem Mann auf, er ist viel größer und macht ein finsteres Gesicht. Nicht einmal »Guten Tag« hat er gesagt.

»Haben Sie denn nur zwei Zimmer?«, fragt Erna.

Der Mann dreht sich schnell um. Erna sieht erschrocken in das wütende Gesicht.

»Nee«, sagt der Mann, »wir haben eene feine Villa mit Hundehütte und Freiloof für die Kinder, und Mietsleute brauchen wir jarnich! Haben wir überhaupt nich nötig!«

Erna sieht entsetzt dem Mann nach, der wieder im Schlafzimmer verschwindet. Die Frau weint. Die Kinder spielen unter dem Tisch. Helle Wolken ziehen draußen vorüber. Erna hat einen schlechten Geschmack im Munde, kalt ist die Küche, traurig die Wohnung, bitter das Leben in Berlin.

»Er ist kaputt, seine Nerven sind herunter. Zehn Monate arbeitslos und keine Aussicht und keine Hoffnung. Was sollen wir denn bloß tun?«

Die Frau ist noch jung, so zwischen zwanzig und dreißig, ihr Gesicht ist schön und sanft. Sie weint und hält die Hände vor dieses Gesicht.

Was hat Erna Halbe hier noch zu tun, sie bleibt doch nicht, sie will keine Schlafstelle, sie will ein möbliertes Zimmer, aber eine Kleinigkeit hält sie noch hier. Sie zieht einen Stuhl heran, und Frau Neumann setzt sich. »Nein, das ist nichts für Sie. Ich weiß schon. Mein Mann will, dass ich die Schlafstelle nur mit voller Pension abgebe. Sonst verdienen wir nischt dabei. Achtzig Mark für volle Pension. Das sind zwanzig für eine Woche. Aber wie lange wird das dauern, bis einer mal kommt. Und dann ist es meistens nicht der Richtige.« Sie weint nicht mehr, sie hat die Hände vom Gesicht weggenommen. Unter ihrer Haut schimmern blaue Äderchen hervor, besonders an der Stirn und unter den Augen bündeln sie sich. Es ist eine zarte Person, und sie wird vom Schicksal verdammt angepackt. Der Säugling liegt an ihrer Brust, er schreit, sie knöpft ihre Bluse auf und hält den großen Kopf des Kindes an ihre kleine Brust.

»Ich halte es ja noch aus. Ich kann dem Kleinen auch noch Milch geben. 's ist nämlich ein Junge. Aber mein Mann macht sich so viel Sorgen. Er ist ein guter Kerl, das können Sie mir glauben. Jetzt baut er einen Karnickelstall für den Hauswirt. Das machen wir für die Miete!«

»Was ist denn Ihr Mann?«

»Karosseriebau, Autobranche. Alle fahrense im Auto, aber denken Sie, da gibt's Arbeit? Können Sie mir das erklären?«

Nein, Erna kann das nicht. Sie weiß aber, wie es in den mitteldeutschen Braunkohlenzechen zugeht, sie erzählt von ihrem Nest und von den Eltern, sie fragt nach der Prenzlauer Allee, wo ihre neue Firma sein soll, sie erkundigt sich nach vielen Dingen in Berlin, sie will alles wissen, ja, aber sie will auch, dass Frau Neumann nicht mehr weint, dass die Frau mal dieses und jenes vergisst.

»Sehen Sie, heute Morgen bin ich in Berlin angekommen. Ich habe mir das alles viel leichter vorgestellt. Da wohnen nun so viele Menschen in der Stadt, und man fühlt sich einsam und verlassen. Können Sie das verstehen? Richtig elend und unglücklich kommt man sich vor. Aber ich lasse mich nicht unterkriegen. Es wird schon wieder schönes Wetter kommen.«

Erna lächelt, der kleine Säugling schmatzt und suckelt, ein Kanarienvogel beginnt laut zu pfeifen. Vielleicht tut er das schon lange, aber Erna bemerkt es erst jetzt. Nebenan arbeitet der Mann, er klopft und hobelt …

»Kann ich mal wieder zu Ihnen kommen, Frau Neumann? Vielleicht komme ich am Sonntag mal, nachmittags, was?«

Auf der Straße läuft Erna schneller, der Nachmittag ist kurz. »Sei schön durch Elida.« Das Mädchen hat goldblondes Haar, rosige Wangen, glänzende Augen, einen duftenden Mund. So muss man hier aussehen, nicht wahr? Geld braucht man dazu, Geld braucht man überall. Ich muss Geld verdienen. Natürlich, ich werde mich bald verbessern und mehr verdienen, viel, viel mehr …

Vielleicht ist das nicht die richtige Gegend für sie. Sie kommt nur in Arbeiterwohnungen, diese schmalen Kabusen mit der aufgewaschenen freudlosen Sauberkeit, dem nüchternen Abzahlungsmobiliar und den kahlen Wänden sind ihr bekannt. Sie merkt, dass wohl unter dreißig Mark nichts Anständiges zu haben sein wird. Schließlich findet sie in der vierten Etage eines fünfstöckigen Häuserblocks bei Frau

Matschek ein Zimmer, aber vorher erlebt sie noch eine merkwürdige Geschichte.

Erna kommt auf die Koppenstraße, die liegt gleich hinter dem Schlesischen Bahnhof, der Nachmittag geht seinem Ende zu, eine matte rosige Sonne verkriecht sich in einer Wolke. Aber vielleicht ist es keine Wolke, vielleicht ist es nur Rauch aus den Essen der Fabriken, Arbeiter kommen aus den Betrieben, die Straßen sind voller Menschen, alle gehen nach Hause, Erna hat noch keine Wohnung. Was ist das: nach Hause?, denkt sie. Um diese Zeit kommt Vater von der Schicht, und ich musste Kohlen heraufholen. Wer holt denn heute Kohlen herauf? Luise oder Mutter? Der Holzverschlag ist wieder einmal zusammengerutscht, sie werden alles neu aufbauen müssen, das ist eine dreckige Arbeit.

Zeitungskioske hat es bei uns nicht gegeben, nein, bloß in Korbetha, hier stehen sie an jeder Ecke, jedes Mal bleibe ich stehen und sehe mir die Bilder an. Was ist das für ein hübsches Mädel? Marion Davies. Ach so, ein Mädchen aus Hollywood. Ins Kino werde ich auch mal gehen. Aber erst muss ich ein Zimmer haben, ein Zimmer, ein Zimmer, das gibt eine ganz nette Melodie ...

Sie klettert vier Treppen hoch, vier finstere Stockwerke. Das Haus riecht muffig nach Kinderwäsche und schlechtem Essen. Nein, immer in so einem Hause wohnen, denkt Erna, das macht elend, ich weiß, wie das ist. Sie will umkehren, und doch geht sie weiter, heute Nacht muss sie schlafen, ruhig und unbesorgt, in einem eigenen Zimmer.

»Ziegenbein« steht an der Tür. Ja. Ziegenbein.

Erna klingelt. Sie klingelt noch einmal. Und weil niemand aufmacht, geht sie wieder. Sie geht einige Stufen hinunter, da quietscht oben die Tür. Sie kann nicht sehen, wer an der Tür steht, denn das Haus ist halbdunkel, aber sie hört an der Stimme, dass ein junger Mann mit ihr spricht.

»Zu wem wollen Sie?«

»Kann ich vielleicht Frau Ziegenbein sprechen?«

»Nein, Frau Ziegenbein ist nicht da.«

Klapp, die Türe zu.

Aber die Tür geht noch einmal auf.

»Kommen Sie etwa wegen des Zimmers?«

Natürlich.

»Na, das Zimmer kann ich Ihnen auch zeigen.«

Erna steigt wieder die paar Stufen hinauf, säubert ihre Schuhe auf der Matte und folgt dem jungen Mann in Frau Ziegenbeins Wohnung, ohne an etwas anderes zu denken als an die etwaigen verwandtschaftlichen Beziehungen zwischen Frau Ziegenbein und ebendiesem jungen Mann, die Erna begreiflicherweise interessieren. Sie ist fest entschlossen, das nächste Zimmer, das ihr einigermaßen zusagt, zu mieten.

Der junge Mann führt sie in ein kleines Zimmer, das noch sehr hell ist, die Sonne kommt bis hierher, sie leuchtet zwischen den Wolkenbergen hervor, keine Hinterhäuser beschatten die Fenster, weit geht der Blick, und unten blüht sogar ein einsamer grüner Fleck, ein Zimmer also, wie Erna es sich wünscht. Hier wird sie bleiben. Die Möbel stehen eng zusammen, sie wird wohl mit drei Schritten jede Wand abschreiten können, aber das schadet nichts. Genau unter dem großen Fenster steht ein breiter Tisch, der anscheinend als Schreibtisch benutzt wird, einige Bücher liegen darauf, Zeitschriften und Papier. Daneben steht eine Henkelkanne, wie sie Arbeiter benötigen.

»Entschuldigen Sie, bei mir liegen die Brocken noch ein bisschen durcheinander. Ich habe noch nicht einmal das Bett machen können. Sie müssen wissen, das muss ich seit gestern alles allein machen, weil ich mich mit der Schlampe gekracht habe.«

Erna staunt, das ist also der Untermieter Frau Ziegenbeins. Er hat ein richtiges Jungengesicht, trägt einen grauen

Wollsweater, wie ihn Rennfahrer anhaben, und betrachtet sie mit auffälliger Verwunderung. Übrigens ist er nicht rasiert. An den beiden Wänden rechts und links der Tür stehen die üblichen Möbel, die in diesen Zimmern zu finden sind: ein Schrank, eine Kommode, ein Waschtisch. Daneben an der Wand hängen die Kleider des Jungen an einem Haken, Erna betrachtet alles genau, und plötzlich merkt sie, dass sie noch immer auf den Kleiderhaken starrt, da hängt nämlich eine blaue Monteurjacke. Was ist da schon weiter dabei? Sie zieht ihre Baskenmütze herunter, um sich noch ein wenig umzusehen, das Zimmer gefällt ihr. Hinter ihr steht der junge Mann und sagt gar nichts mehr.

»Was zahlen Sie denn?«

»Sie können natürlich auf meine Ratschläge pfeifen«, antwortet er, »aber ich rate Ihnen ab.«

Erna, die zum Fenster hinaussieht, spürt ganz genau, dass er sie anstarrt. Sie dreht sich rasch um. Er streicht das Tischtuch glatt, räumt auch ein paar Sachen weg und deckt sogar das Bett zu.

»Ich bin nämlich der bisherige Untermieter, was Sie wohl schon gemerkt haben dürften.«

Jetzt grinst er wieder, ja, ja, wie heute Morgen.

»Sie haben doch nischt dagegen, wenn ich mir eine Zigarette anstecke?«

Erna schüttelt den Kopf.

»Ich will Ihnen mal was sagen, ich bin wirklich verträglich, aber Frau Ziegenbein ist ein Aas. Wir brauchen uns das von den Zimmervermieterinnen wirklich nicht gefallen zu lassen, was die sich herausnimmt. Ich bin dafür, dass solche wie Frau Ziegenbein ratzekahl ausgehungert werden. Deshalb erzähle ich Ihnen das nämlich, ich will der Alten gewissermaßen das Geschäft vermasseln.«

Erna betrachtet ihn genau, und er gefällt ihr. Er hat helles struppiges Haar und ein junges lustiges Gesicht. Sie zieht ihre

Beine zusammen und hält mit beiden Händen die Baskenmütze im Schoß fest.

»Bei der müssen Sie um neun abends im Bett sein. Besuch
ist nicht gestattet, Licht und Heizung bezahlen Sie für die
ganze Wohnung. Lachen dürfen Sie auch nicht laut. Wenn
Sie sich alles gefallen lassen wollen, können Sie die Wohnung
ja mieten.«

»Nein«, meint Erna ernst, »wenn Sie so schlechte Erfahrungen gemacht haben, werde ich diese Wohnung lieber nicht
nehmen.«

»Ach, Sie finden auch sicher was Besseres.«

»Wenn Sie wüssten, wie lange ich heute schon suche.«

»Es gibt doch überall so viele möblierte Zimmer.«

»Ja, aber die sind so teuer. Oder nicht nett.«

Nun muss ich wohl gehen, denkt Erna. Sie kommt sich
komisch vor, wie sie so in diesem fremden Zimmer sitzt und
zum Fenster hinaussieht, als interessiere sie die Gegend.

»Sie sind wohl noch nicht lange in Berlin?«

»Nein.«

»So.«

Hm. Hm.

Erna schielt zu dem Jungen hin, den kennt sie doch!

»Aus Frankfurt sind Sie aber auch nicht.«

Nein, das kann Erna bestätigen.

»Ich habe nämlich mal vier Monate in Frankfurt auf
Montage gearbeitet, das war 'ne schöne Zeit, viel Zaster
und eine feine Gegend. Über den Main gehen ein paar Brücken, und da fressen einem die Möwen aus der Hand, also
bestimmt aus der Hand. Haben Sie schon mal so was gesehen?«

Nein, Erna hatte noch nicht so viele Reiseerfahrungen, und
nachdem sie das festgestellt haben, verabschiedet sie sich.

»Soll ich mitgehen und Ihnen was aussuchen? Ich habe
Erfahrung darin.«

»Wie können Sie bloß mit so vielen Erfahrungen bei Frau Ziegenbein wohnen!«

Dem Jungen bleibt die Spucke weg, Erna hat das fein gesagt, und sie freut sich darüber. Junge, Junge, dir will ich schon helfen, denkt sie. Heute Morgen hast du hinter mir hergefeixt, jetzt lache ich.

Der Junge macht wirklich ein betrübtes Gesicht.

»Nee, ich dachte bloß, Ihnen wäre das angenehm, wenn ich mitgehe. Gehen Sie mal zwanzig Nummern weiter rauf, da finden Sie ein paar schöne Häuser, da würde ich nochmal versuchen, ob etwas frei ist.«

Erna schielt ihn an und lächelt, sie setzt ihre Baskenmütze auf, drückt ihm die Hand zum Abschied und geht. Er hat ein Gesicht, als wollte er etwas sagen. Sie gehen durch den Korridor, auf der Treppe brennt noch kein Licht.

»Fallen Sie nicht runter!«

»Nee ... Und vielen Dank!«

Er beugt sich über das Treppengeländer und sieht ihr nach. Sie nimmt immer zwei Stufen auf einmal.

»Sind Sie mir böse wegen heute Morgen?«

Die Antwort kommt aus der ersten Etage, aber hell und deutlich hallt das kleine Wort im Treppenhaus.

»Nein!!«

Ein Zimmer findet Erna also doch noch. Zweiunddreißig Mark, mit Morgenkaffee sogar, das findet sie nicht sehr teuer.

Unten fahren die Züge holpernd über einen Damm, und der Rauch steigt hoch, beleckt die Häuser, beschattet die Fenster.

Ein Bett steht im Zimmer, eine Kommode, der Kleiderschrank. Ein Tisch, dreibeinig und rund, bedeckt mit einer verschossenen blauen Decke, deren Spitzengeriesel bis zum Boden reicht. Zwei Stühle. Ein kleiner primitiver Waschtisch mit Schüssel und Krug und Wasserglas, mit einem leeren Seifenbehälter und dem üblichen sauber zusammengefalteten

Handtuch, eine Einrichtung, die in jedem dieser möblierten Zimmer zu finden ist.

Die Frau gefällt ihr nicht besonders.

»Sie werden sich hier wohlfühlen, wollen Sie gleich Ihre Koffer auspacken?«

Dabei hat Erna noch gar nicht gesagt, dass sie das Zimmer mieten will, und Frau Matschek kann doch sehen, dass sie keinen Koffer bei sich hat.

Aber Erna rückt nicht wieder aus. Einmal macht ihr der Blick in das Häusergewirr da unten Spaß, mit den blanken Schienen dazwischen und den Zügen darüberhin, und dann ist ein langer Gang zwischen ihrem Zimmer und denen der Familie Matschek. Das ist ihr sehr angenehm.

»Ich will gleich bezahlen.«

Erna wird wieder rot dabei, Frau Matschek läuft mit klappernden Pantoffeln und bringt die Schlüssel. Ein Vorsaalschlüssel, einer zu ihrem Zimmer und einer zur Haustür. In das Haustürschloss darf der Schlüssel nicht zu tief hineingesteckt werden, sonst geht die Tür nicht auf, aber das lerne man schnell. Wann sie wecken solle?

Dann ist Erna allein. Sie sitzt in der Mitte ihres Zimmers und sieht sich um. Durch eine Wand hört sie Teller klappern. Eine Etage tiefer spielt ein Grammofon, schmetternde Musik, Erna ahnt nicht, dass der Einzugsmarsch aus Tannhäuser sie begrüßt. Unten pfeifen die Züge, und der Nachhall des Räderrollens tönt herauf. Ein heller Himmel schwimmt vorbei. Berlin, Berlin.

Sie steht auf, wäscht sich gründlich und betrachtet ihr Gesicht im Spiegel. Das ist also die Erna Halbe, noch nicht neunzehn Jahre und allein in der Stadt Berlin. Sie kommt sich fremd vor. Ihr ist komisch und feierlich zu gleicher Zeit.

Ob der Bubikopf onduliert netter aussehen würde? So viel Geld kann ich in diesem Monat nicht ausgeben, denkt sie. Sie macht Bilanz. Genau vierunddreißig Mark und tatsächlich vierunddreißig Pfennig liegen vor ihr auf dem Tisch. Damit muss sie einen Monat leben.

Ihre Wirtin klopft. Ob sie sich schon polizeilich angemeldet habe? Nein, das muss sie also noch tun.

Den Rest des Nachmittags benötigt sie zu diesen kleinen notwendigen Dingen. Polizeiliche Anmeldung, Koffer abholen, Wäsche auspacken, Zimmer etwas herrichten, Brot und Butter einkaufen. Sie kommt wieder kreuz und quer durch fremde und bekannte Straßen, rasch und energisch läuft sie. Überall sieht sie neue Dinge. Jetzt habe ich eine Wohnung, das ist alles bloß halb so schlimm, spricht sie zu sich selbst. Ich werde doch nicht auf den Kopf fallen, das wäre doch gelacht!

Abends will sie die Stadt sehen, das Lichtmeer und den Nachtlärm. Sie geht in der siebenten Stunde fort. Helle durchsichtige Luft weht noch über die Häuser, aber überall blinken schon die Lampen und Lichter. Die Tage werden länger, frühe ungewohnte Wärme kommt aus dem flachen Land und zieht über die Stadt hin.

Sie fährt mit dem Omnibus, oben auf dem Dach. Das macht ihr Spaß, einsam und allein durch den Abend gefahren zu werden, an den erleuchteten Fenstern vorbei, durch fremde Straßen, über unbekannte Brücken. Sie nimmt ihre Baskenmütze ab, der Wind verwuschelt ihre Haare.

Am stillen Lützowufer steigt sie ab und schlendert langsam in die unbekannte Stadt hinein. Ruhig, tief und glücklich geht ihr Atem. Sie denkt an allerlei. Was mag der Junge von der Koppenstraße für einen Beruf haben? Das ist zum Beispiel eine sehr interessante Frage. Sie muss lachen. Vielleicht ist er Schlosser. Oder sogar Monteur.

Vor ihr geht ein junges Mädchen, in ihrem Alter ungefähr, einen blauen Hut mit gelbem Band schief über den Kopf gezogen, in einem leichten enganliegenden blauen Seidenkleid, das so kurz ist, dass Erna die Kniekehlen sehen kann. Die Beine des Mädchens sind sehr schmal, ihre Füße setzt sie nicht gerade auf, sondern ein bisschen schlenkernd, das Mädchen läuft leicht und heiter dahin, ohne sich umzublicken oder zur Seite zu sehen, ohne die Männer zu beachten, die sich nach ihr umdrehen. Es macht Spaß, diesem schicken eleganten Mädchen zu folgen, die so selbstbewusst aussieht, dass Erna sie beneidet. Wird nicht teuer sein, so ein Kleid, überlegt sie. Sie ist ein bisschen versonnen und läuft an der Genthiner Straße beinahe in einen kompakten gelben Wagen hinein, der scharf und knapp die Ecke nimmt. Erschrocken bleibt sie stehen. Das Auto knirscht und hält. Da sitzt nun ein böses, elegantes Mädchen drin, die ihr etwas sehr Böses sagt, eine Dame mit einem kleinen Stulphut aus weißem Stroh und einem rot-blauen Schal, mit einem weiß emaillierten Gesicht und einer bemerkenswert großen Nase. Erna hört ihr mit großen runden Augen zu, und dann fährt der Wagen wieder los.

Der Abend und das Dunkel kommen, zwischen den Bäumen flammen Lichtaureolen auf, seltsam unterbrochene Laufschrift malt feurigrot unverständliche Worte an die Häuser, die Sterne ziehen darüber hin und darunter die Menschen. Blicke begegnen sich, fremde Augen sehen sich an, ein Mund haucht unhörbar einen Gruß, der Hauch verfliegt, das Auge wendet sich ab, alles geht weiter, alles atmet, fühlt und lebt.

Auf der Plakatwand eines Kinos hüpft ein Mädchen mit pfiffigem Gesicht und einer grauen Baskenmütze, ähnlich der Ernas, eine Treppe hinauf. Auf zwanzig Plakaten tut sie dasselbe, und das Bogenlampenlicht hebt die grellen Farben in die Dunkelheit der Straße hinaus. Die Leute drängen sich an der Kasse. Erna zögert noch, der billigste Platz kostet sechzig Pfennig, sie findet das sehr teuer. Zu Hause sitzt man für diesen Preis in der Loge. Bewundernd betrachtet sie die glänzende Fassade des Lichtspielhauses und ahnt nicht, dass dieses Kino, am Rande der City, inmitten eines Arbeiterviertels, fast ausschließlich von der werktätigen Bevölkerung besucht wird, denn Erna befindet sich schon wieder jenseits der Frankfurter Allee. In ihrem Kohlennest spielt nur an drei Tagen der Woche das Kino, im Saal des größten Restaurants.

»Na, kleines Fräulein, darf ich Sie einladen? ... Was denn, was denn! Ich bezahle Rangloge ...«

Der Mann folgt ihr. Erna läuft rasch in die dunkle Straße hinein, sie ist furchtbar erschrocken. Die Gaslampen summen eintönig, vor den offenen dunklen Haustüren stehen plaudernde Frauen, an jeder Ecke klebt eine kleine Kneipe. Der Kerl ist stehen geblieben und schimpft hinter ihr her.

Langsam kehrt sie zurück, überquert vor dem Kino schnell den Fahrdamm und stellt sich an der Kasse an.

»Einmal zu sechzig.«

Im überfüllten Saal drängt sich das Arbeiterpublikum im Sonntagsanzug, die Mädchen kuscheln sich an ihre Jungens. Überall wird heimlich geraucht, der Ventilator kann die stickige Luft nicht vertreiben. Über die Decke huscht Licht in den verschiedensten Farben, aufgeregtes Stimmengewirr mischt sich mit der Musik. Erst muss Erna eine lange Weile warten, sie steht zwischen vielen fremden Leuten, aber ein junger Mann macht ihr Platz. Ein anderer, mit einer Taschenlampe, leuchtet über die dicht besetzten Reihen, und Erna zwängt sich ängstlich hindurch. Sie stößt an Knie und Beine und Röcke, die Leute murmeln hinter ihr her, aber schließlich kann sie sich setzen. Vor Freude schließt sie erst einmal ihre Augen einen Augenblick. Feierlich mit Gongschlag und großem Bum-Bum der Musik beginnt das Programm, zuerst ein Lustspiel, dann die Wochenschau und schließlich: Kiki. Ja, Erna sieht an diesem Abend, am ersten in Berlin, Kiki, das schwarzäugige Mädchen mit der Baskenmütze, die niemand anders als Norma Talmadge ist. Das ist ein richtiges Arbeitermädel, die sich durchschlagen muss und die sich Platz schafft, Kiki weint und Kiki lacht, Kiki als Revuemädchen und Kiki als Dame. Ist das Leben nicht schön in diesem Kino? Alles sieht man, das Leben draußen in der Welt, das Leben hier in der Stadt. Kiki lernt einen feinen Mann kennen, und das soll man ihr gönnen. Neben Erna sitzt ein dicker Mann, der immer dumm und auffällig lacht. Er hat seinen Arm über die Lehne des Sessels geschoben und drückt Erna mächtig zusammen. Der Mann ist ihr unangenehm. Wenn Kiki die Augen zusammenkneift oder wenn sie mal ausrutscht, dann lacht er und viele andere Männer mit ihm. Was gibt es da zu lachen? Ist das nicht eine ernste, eine wichtige Sache, die muss man sich überlegen, das ist etwas zum Nachdenken, würdest du auch so gescheit sein wie Kiki? Und dann geht das Licht wieder an, der dicke Mann nimmt seinen Arm vom Sessel, alles steht auf, »Beachten Sie bitte unser nächstes Spezialprogramm«, ihr dreht sich der Kopf ein bisschen, Erna Halbe oder Kiki, sie geht hinaus, sie geht nach Hause, ihr Kopf summt, dieser Abend war nicht umsonst.

Sie kommt durch schummrige warme Alleen, ein Polizist zeigt ihr den Weg, die Straßen werden einsamer und unfreundlicher, Erna stapft ruhig dahin. Sie denkt an ihre Eltern, was werden die jetzt zu Hause machen? Ich muss ihnen schreiben, damit sie wissen, ich bin gut angekommen, ich habe keine Angst in dieser Stadt, sie brauchen sich nicht um mich zu sorgen …

Die Haustür steht offen, kein Licht brennt im Treppenhaus, finster und unheimlich ist dieses fremde Haus. Langsam steigt sie hinauf, zählt die Stufen und hält sich am Geländer fest. Ich muss mir eine Taschenlampe kaufen, nimmt sie sich vor. Oben weiß sie nicht genau, ob sie in der richtigen Etage ist. Sie tastet an der Tür entlang, um den Briefkasten zu finden, der sehr tief an der Tür hängt, das hat sie sich gemerkt. Dabei fällt ihr noch der Schlüssel herunter.

In ihrem Zimmer knipst sie das Licht an, macht das Fenster weit auf und schreibt einen Brief an ihre Eltern:

Liebe Eltern,

bin gut angekommen und habe auch schon eine schöne Wohnung. Meine Adresse schreibe ich unten auf, damit Ihr Bescheid wisst. Ich bezahle 32 Mark. Mit Kaffee. Das ist doch nicht viel? Die Preise sind hier eben etwas anders, und Ihr könnt das nicht mit der Kolonie vergleichen. Das Haus ist fünfstöckig und ich habe ein richtiges Zimmer allein für mich. Sonst gefällt mir Berlin. Alles sehr groß und schön und vor allem viele Autos. Später werde ich Euch einmal mehr schreiben. Vielleicht kann sich Mutter gar nicht denken, wie viel Menschen hier auf der Straße sind, aber Du brauchst keine Angst zu haben wegen mir. Was macht Dein Bein? Auch in einem Kino war ich schon, und da gehen die Victorialichtspiele zehnmal hinein. Kiki heißt der Film, Ihr müsst ihn unbedingt ansehen, wenn er in die Victorialichtspiele kommt, das ist von einem Varietémädel. Morgen früh werde ich meine Stellung antreten. Haltet den Daumen steif! Ich denke eben noch daran, dass Hans zu Herrn Muschler kommen soll wegen der Stelle. Das hatte ich vergessen. Ich wohne sehr hoch, und jetzt sehe ich die ganze Stadt vor mir. Ich schreibe bald wieder, und lasst auch mal was von Euch hören, also bis dann

Eure Erna

Nein, eins stimmt nicht, die ganze Stadt sieht sie nicht von ihrem Fenster aus. Das Stück nach der Frankfurter Straße zu, ein Häusergewirr, aus dem nur ein paar Fabrikessen ragen, überwölbt von Rauch. Erna sieht gerade auf die Hinterfronten, die Fenster stehen offen, sie sieht die Leute in der Küche sitzen, um die Tische, bei ihren abendlichen Beschäftigungen. Einer kommt vom späten Dienst nach Hause, ein Eisenbahner, seine Frau stellt ihm Essen auf den Tisch, andere lesen Zeitung, hören Radio, spielen, streiten, arbeiten.

Musik kommt aus den Blocks, Gesang aus den Höfen. Zu einer melancholischen Mundharmonika singt eine helle Mädchenstimme abwechselnd Schlager und traurige Volkslieder, in denen das Scheiden und das Elterngrab eine große Rolle spielen ...

Denn deine Li...ibä ... war Heuchelei ...

Regelmäßig nach einigen Minuten versinken Gesang und Musik im Dröhnen der Züge. Bahnhof Jannowitzbrücke liegt auf der einen Seite und der Schlesische Bahnhof auf der anderen. Das Rattern der Räder hallt lange nach. Eine Uhr schlägt. Verwunschene wehmutvolle Welt.

Erna zieht ihre einfachen billigen Reisesachen aus und streckt und dehnt sich, sie ist müde, sie gähnt. Unten spielt wieder das Grammofon. Nebenan sagt eine tiefe Männerstimme sehr heftig und, da die dünnen Wände jedes Wort hindurchlassen, klar und verständlich: »Ich will das nicht, ich habe dir das verboten, und wenn du ihn noch einmal ...«

Die nächsten Worte verklingen undeutlich, denn ein Mädchen weint. Erna horcht, und sie fühlt sich beschämt, dass sie an der Wand steht, mit klopfendem Herzen, die Geheimnisse des Hauses belauschend, eingespannt in den gleichen Trott, in das gleiche Schicksal, Wand an Wand mit fremden Menschen, die ihren Weg kreuzen werden. Sie geht leise in die Mitte des Zimmers zurück und sieht auf ihre großen kindlichen Hände, die schon viel und schwere Arbeit bewältigt haben. Die kurzen Finger liegen gerade und eng aneinander, die Kuppen sind vom Maschinenschreiben etwas abgeplattet und unregelmäßig beschnitten. Sie fassen flink zu und sehen rührend aus. Erna hat dafür kein Gefühl. Sie weiß, dass sie gesund ist, und das genügt ihr. Sie putzt und schrubbt sich die Zähne mit Salzwasser, trinkt noch ein Glas Wasser und spuckt in hohem Bogen zum Fenster hinaus, hinunter auf den Bahndamm oder in den Hof oder irgendwohin. Die Züge pfeifen. Aus der Ferne summt das gleiche beruhigende Lied der Stadt. Erna hört ihr Herz schlagen. Dann erschrickt sie plötzlich, vielleicht kann man sie aus den Nachbarhäusern sehen, wie sie hier im elektrischen Licht steht, nackt und bloß. Sie stellt sich hinter das Fenster und knipst vorsichtig das Licht aus. Ihr Zimmer liegt sehr hoch, draußen zieht die dunkle Nacht vorüber, viel tiefer schimmern die ersten Lichter. Mit einem Sprung ist sie im Bett. Ein fremdes, kaltes, nicht unangenehmes Gefühl zieht ihr an den Beinen herauf, über den Rücken, in den Nacken. Schwer atmend schläft sie ein. Im Traum wälzt sie sich von einer Seite auf die andere, dieser erste Berliner Tag lässt ihr keine Ruhe.

Als sieben Uhr morgens Frau Matschek an die Tür klopft, fährt sie erschrocken hoch und ruft: »Herein!« Sie merkt aber sofort, wo sie ist, und sagt schnell hinterher: »Danke schön!« Frau Matschek schlurft langsam davon.

Erna schämt sich ein bisschen. Sie dreht sich im Bett um, das Gardinenrechteck des Fensters hängt voll gelber warmer Sonne. Lärm steigt hoch, Tacken und Hämmern, Sirenen pfeifen, das Dröhnen der Untergrundbahn, das Heulen der Züge, Berlin arbeitet.

Ihrem Fenster gerade gegenüber, etwas tiefer, neben dem großen Häuserblock leuchtet ein einsamer Sonnenfleck auf dem Dachpappenbuckel einer Maschinenfabrik, aus deren Halle ein eigenartiger kreischender Laut dringt, durchdringend und pausenlos. Erna beugt sich weit aus dem Fenster und betrachtet lange den Sonnenfleck, der so angenehm warm aussieht. Die kleinen Höfe werden von den wuchernden und wachsenden Häuserblocks eng zusammengeschoben. Manche unterscheiden sich voneinander. In dem einen steht statt des Hühnergatters ein Kaninchenstall. In dem anderen findet noch eine Wäschestange Platz, auf der Teppiche ausgeklopft werden. Sonst sind sie alle gleich: schwarz, unansehnlich, verbittert. An der Böschung der Bahn wächst etwas gelbes Gras. Aus vielen Erdgeschosswohnungen hat man Werkstätten gemacht, aus den Werkstätten wurden kleine Betriebe, Schuppen kamen dazu, an einer Seitenwand klebt ein Neubau. Höher hinauf flattert Wäsche an vielen offenen Fenstern, und rote Matratzen leuchten dazwischen. Die Hinterfronten stehen kahl, grau und fensterlos da, eine dem Bahndamm zugekehrte Seite ist an eine Parfümfirma vermietet worden, die ihre gewaltige Shampoo-Reklame aufgepinselt hat.

Erna kann auch den Himmel sehen, und deshalb ist es in großen Städten gut, hoch oben unter den Dächern zu wohnen. Auf den Straßen vergisst man den Himmel. Er steht blank und sauber über Berlin, wolkenlos, glatt, metallen. Er riecht nach Gras.

Sie sprudelt im Wasser herum und notiert sich auf einem Stück Papier, noch mit nassen Händen: Kernseife.

In der Ecke neben dem Toilettentisch steht ein großer Stehspiegel, darin sieht sich Erna vom Scheitel bis zur Sohle. Ihre kleinen spaßigen Brüste stehen, leicht nach oben geschwungen, keck vom Körper ab. Sie macht ein paarmal Kniebeuge und schneidet schreckliche Gesichter im Spiegel. Ihre Füße sind vom vielen Barfußlaufen kräftig geworden, sie sehen schön und gesund aus, die Zehen spreizen sich etwas auseinander, vergnügt hüpft sie auf und nieder. Das Wasser verdunstet rasch auf der Haut, sie benutzt das Handtuch gar nicht erst. Mit der etwas zu großen kräftigen Nase streicht sie über die weißen Arme bis zu den Achselhöhlen. Ein angenehmer Duft von Nachtruhe und Morgenkühle und kaltem Wasser und frischer Haut steigt ihr in die Nase. Wieder schlägt eine Uhr, wie spät mag es wohl sein?

Ein Mann geht unten über den Hof. Ein unsichtbarer Jemand klopft Teppiche. Lautsprecher quaken aus vielen Fenstern, alle in verschiedenen Tonarten, als wäre jeder Apparat auf eine andere Station eingestellt.

Frau Matschek klopft. Der Kaffee! Die Alte sieht ungewaschen und nach schlechtem Schlaf aus, ihr Haar hängt in die Stirn; sie beginnt sich weitschweifig zu entschuldigen.

Erna atmet auf, als ihre Wirtin endlich rausgeht. Sie kramt noch einmal den Brief der Gesellschaft aus ihrem Koffer.

Mittwochmorgen neun Uhr, Prenzlauer Allee.

Sie erkundigt sich bei Frau Matschek, wo das ist, und geht dann, zum ersten Mal, ins Geschäft. Nein, ins Büro heißt das, überlegt sich Erna Halbe. Ehe sie ihr Zimmer verlässt, stellt sie sich noch einmal vor den Spiegel und betrachtet sich ganz genau, von oben bis unten. Eine fiebrige Ungeduld hat sie gepackt.

Natürlich kommt sie viel zu früh hin. Sie sieht sich das Haus aufmerksam von außen an, ein zweistöckiges villenartiges Gebäude mit großem schmiedeeisernem Tor, an dem ein schwarzes Schild mit goldenen Buchstaben hängt: Eisenverwertungs-G. m. b. H.

Der Hauptweg geht durch einen kümmerlichen Vorgarten, der zweite hintenherum. Der Weg hintenherum ist für die Angestellten, er führt über gelb geschotterten Boden an einer Autoremise vorbei durch ein großes Tor in ein anscheinend neu angebautes weiß bespritztes Seitengebäude.

Dort muss ich also arbeiten.

Sie bleibt stehen und sieht zu der großen Uhr hinauf, die über dem Eingang hängt. Sie hat schon manche Stelle gehabt und weiß ganz genau, dass nichts in den Schoß fällt, sie ist nüchtern und illusionslos, und doch zittert sie ein wenig, wie sie so allein vor diesem Haus steht, in dem sie nun jeden Tag acht Stunden arbeiten soll für einhundertdreißig Mark. Sie erwartet noch viel vom Leben und hat ein hoffnungsvolles Herz, viele Wege führen ins Glück, und vielleicht geht einer durch dieses Haus. Das ist ihre erste Stelle in Berlin, hier wird sie neunzehn Jahre, was werden ihr die Tage und Wochen und Monate bringen, sie weiß es nicht, sie ahnt es nicht, niemand kann ihr das sagen, sie zittert ein wenig.

Zehn Minuten vor neun geht Erna Halbe hinauf, an Zimmern und Schaltern vorüber, immer dem Pfeil nach: Anmeldung Sekretariat.

Nichts unterscheidet dieses Haus von anderen Bürogebäuden, aber die Gänge sind leer, kein Mensch ist zu sehen.

Hinten steht eine Tür offen, sie hört Stimmen. Ein Mädchen kommt aus einem Zimmer gelaufen und rennt beinahe mit Erna zusammen.

»Trude ist wieder ohnmächtig ... Ach so!« Den letzten Ausruf fügt sie erstaunt hinzu, als sie merkt, dass sie mit einer Unbekannten spricht. Sie läuft schnell weiter und verschwindet in einem anderen Zimmer.

Trude? Erna kennt keine Trude.

Sie kann in das offene Zimmer hineinsehen. Auf einem Stuhl sitzt ein Mädchen, mit geschlossenen Augen und weißem Gesicht. Vier oder fünf junge Mädchen stehen um die Ohnmächtige herum.

»Hole schnell mal mein Riechfläschchen aus der Tasche!«

»Nein, wir wollen lieber einem Arzt telefonieren.«

»Ach, sonst geht es ihr doch auch schnell wieder besser.«

Erna geht neugierig näher. Die Mädchen tun nicht viel. Eine hält überflüssigerweise den Kopf der Ohnmächtigen.

»Das Fräulein muss doch mit kaltem Wasser abgerieben werden!«, sagt sie.

Erstaunte Gesichter betrachten Erna.

»Nützt denn das?«

»Schnell! Kaltes Wasser!«

Zwei Mädchen laufen hinaus.

»Und das Fenster aufmachen! Hier ist eine schlimme Luft.«

»Ja«, meint eine kleine Rotbackige, die neben Erna steht und ihr lächelnd ins Gesicht sieht, »das habe ich auch schon gesagt.«

Sie hakt das Krägelchen der Bewusstlosen ab und knöpft die Bluse ein Stück auf, so dass ein sauberes Spitzenhemd zum Vorschein kommt. Die Büromädchen sehen der Fremden, die so resolute Maßnahmen ergreift, aufmerksam zu. Eine reicht ihr ein Glas Wasser, Erna spritzt es in das blasse schöne Gesicht. Die Tropfen rollen langsam über die aufgeworfenen großen Lippen, sammeln sich in der tiefen Mulde zwischen der Unterlippe und dem kräftigen Kinn und springen dann über den Hals.

Hinter ihrem Rücken tuscheln und flüstern die Mädchen. Auch eine männliche Stimme lässt sich vernehmen.

»Tragen Sie Fräulein Leußner zu mir herüber!«

Das Fräulein Leußner wacht aber soeben auf. Erna sieht in himmelblaue und erstaunlich frische Augen, die Augen sehen ihr gerade und unverwandt ins Gesicht.

»Wasser«, sagt das Mädchen und trinkt.

Ihr weißer Mund presst sich fest an das Glas, Erna muss das Glas halten, denn die schmalen Hände des Mädchens fahren zittrig in der Luft herum. An einem Finger glänzt ein Ring mit einem großen blauen Stein.

»Na, Fräulein Trude, geht es wieder?«

Das ist der Herr, in dessen Zimmer Fräulein Leußner getragen werden sollte. Sein bartloses, etwas schwammiges Gesicht mit einer Schmarre auf der Backe taucht neben Erna auf. Er hat spärliches, sauber gescheiteltes Haar, der Anzug sitzt korrekt, er macht ein besorgtes Gesicht. Erna wundert sich, dass Trude Leußner weder antwortet noch ihn überhaupt ansieht.

»Na, Kinder, geht wieder an die Arbeit!« Er breitet seine Hände aus, als wolle er eine Herde Gänse in den Stall treiben. Erna betrachtet er mit einem erstaunten Blick. Sie hat ihre Sachen noch nicht abgelegt, die Baskenmütze sitzt schief, ihre Backen glühen vor Aufregung.

Die Mädchen gehen hinaus, nur ein langbeiniges elegantes Wesen und die Rotbäckige bemühen sich noch um Trude und sprechen ihr zu.

»Tut dir etwas weh?«, fragt die Kleine.

»Nein, lasst mich ein bisschen ausruhen.«

»Sie müssen doch nach Hause gehen!«, meint Erna.

Drei verwunderte Gesichter sehen sie an.

»Wieso nach Hause?«, fragt das große Mädchen. »Fräulein Leußner geht es doch schon wieder besser.«

Erna weiß nicht recht, was sie antworten soll. Auch das blasse Mädchen winkt ab. Eine verlegene Pause entsteht. Erna fühlt, dass sie eine Erklärung abgeben muss, aus welchem Grund sie so plötzlich in diesem Zimmer erschienen ist.

»Ich bin hier engagiert worden.«

Was für ein dummes Wort: engagiert! Sie verbessert sich gleich.

»Ich soll nämlich hier Maschine schreiben.« Und sie zieht den Brief der Eisenverwertungs-G. m. b. H. aus der Tasche.

»Ach so! Sie sind die Neue. Aus Merseburg, nicht wahr?«

»Nein.«

Die kleine Rotbäckige strahlt, zwei tiefe Grübchen glänzen auf ihren dicken Backen.

»Tag, ich heiße Lotte Weißbach.«

Sie streckt eine kleine Hand hin, Erna schüttelt sie heftig.

»Du kannst ja mal die Personalien aufnehmen.« Dann geht das elegante, etwas hochmütige Wesen hinaus. Erna sieht ihr bewundernd nach. Die schönen langen Beine fallen ihr besonders auf und die geflochtenen Schuhe an den kleinen Füßen und ein herrliches schwarz-weiß kariertes Jackenkleid.

Lotte Weißbach sieht Erna an und zeigt mit dem Daumen zur Tür.

»Das ist Erika Tümmler. Die hat hier nämlich allerhand zu sagen. Na, wir wollen mal hintergehn. In mein Zimmer. Ich habe nämlich ein Zimmer für mich allein.«

Das kranke Mädchen, die Trude, bleibt lässig auf dem Stuhl sitzen, sie ordnet ihr schönes aschblondes Haar mithilfe eines Taschenspiegels.

Sie gehen durch einen langen Gang, Lotte vornweg. Von den anderen Mädchen ist nichts mehr zu sehen, aber hinter einer Tür hämmern viele Schreibmaschinen, der kleine Zwischenfall darf die Arbeit nicht unterbrechen.

SEKRETARIAT
Eintreten ohne anzuklopfen

In das große helle Zimmer, das sich an der Rückseite des Hauses befindet, flutet die Sonne breit und mächtig durch große offene Schiebefenster. Nach hinten zu schließt ein Garten dieses Haus gegen andere Häuserblocks ab, eine wogende Flut von Ästen und Zweigen versperrt auf das Angenehmste jede Sicht. Lotte lässt sich in einen Stuhl fallen und sieht Erna mit ihren Kulleraugen an: Das nette Mädchen ähnelt Clara Bow, denkt Erna, die kennt sie genau. Die braunen Haare fallen der Lotte anmutig in die Stirn, Ponyfrisur, dichtes weiches Haar. Ihre lustigen Augen haben vor keinem Menschen Angst und vor diesem schüchternen neuen Mädchen aus der Provinz schon gar nicht.

»Menschenskind, wie Sie der Trude geholfen haben, das hat mir imponiert. Richtig wie 'ne Krankenschwester!«

Erna muss lachen.

»Das lernt man doch in der Schule. Bei Ohnmachten frische Luft und mit Wasser bespritzen und so weiter.«

»Nee, das haben wir nicht gelernt. Die Trude hat das übrigens öfters, früher nicht, aber seit ein paar Wochen geht das regelmäßig los, ich weiß nicht, was mit dem Mädel los ist. Die Erika gefällt Ihnen wohl nicht, was?«

Erika? Erna macht ein dummes Gesicht.

»Ja, Fräulein Erika Tümmler. Die Lange mit dem karierten Jackenkleid. Die hat nämlich hier allerhand zu sagen, die kann mal 'ne Lippe riskieren. Die ist Sekretärin von Siodmak, und Siodmak ist hier der Macher. Was der Lortzing ist, der eben im Zimmer war, der ist Attrappe, verstehen Sie? Große Schnauze und nischt dahinter ...«

Erna hört erstaunt zu. Hier kann sie was lernen. Sie muss wenigstens einen Schimmer von Ahnung haben, wie die Chefs sind und wie man sich verhalten muss. Die Kleine wird ihr sicherlich ehrlich Auskunft geben. Aufmerksam versucht sie sich einzuprägen, was das Mädchen erzählt.

Aber im Zimmer ist es warm, Erna hat ein dumpfes Gefühl im Kopfe, sie kann nicht richtig zuhören, ihre Augen tun weh, die Schreibmaschinen hämmern leise durch die Wände, es klingt wie Bienengesumm, sie wird müde, so müde ...

»Na ja, Sie werden schon in den Betrieb reinrutschen.«

Die Kleine lacht mit ihren runden Augen. Sie hat eine seltsam tiefe Stimme.

»Wir müssen alle ein bisschen zusammenhalten, nicht? Wie energisch du das gemacht hast, das mit der Trude, nee, das imponiert mir. Übrigens brauche ich zuerst mal deine Steuerkarte.«

Während sie spricht, grenzt sie mit einem Rougestift ihre Lippen scharf ab, ohne in den Spiegel zu sehen.

»Wir erledigen hier den ganzen Kram für alle zusammen, Krankenkasse und Versicherung und Steuern, das mache ich. Sie sind doch mit der Ortskrankenkasse einverstanden?«

Das Telefon klingelt dazwischen, sie stellt um.

»Hast du schon eine Wohnung?«

Erna sagt gar nicht viel, und wenn sie etwas sagt, vermeidet sie krampfhaft die direkte Anrede, denn was soll sie sagen, wenn die Kleine mit »Du« und »Sie« durcheinanderpurzelt?

»Ich bin nämlich zum ersten Mal hier in Berlin, das ist erst meine dritte Stelle, Maschine schreibe ich ja sehr rasch.«

»Zehnfingersystem? Na also, da brauchst du keine Angst zu haben. Ich werde dich hier mal ein bisschen an der Leine führen, verstehst du. Ich weiß, wie das ist, wenn man so allein ist. Die anderen Mädchen hier in der Gesellschaft werden dir schon gefallen, manche sind ein bisschen puppig. Brauchst dir's nicht zu Herzen zu nehmen, wenn die dir mal was sagen, ist nicht so schlimm gemeint. Ihr sitzt alle in einem Zimmer. Bloß ich nicht. Und die Erika Tümmler, die arbeitet bei Siodmak. Was wollte ich eigentlich noch von dir? Ach so, deine Steuerkarte.«

Sie schreibt Ernas Angaben gleich in die Maschine, ihre etwas dicken Finger hüpfen rasch über die Tasten. Sie hat feste wohlgeformte Hände, die nur etwas klein und breit geraten sind.

Erna lehnt sich an den Schreibtisch und sieht aufmerksam zu. Die Kleine quatscht ein bisschen viel, denkt sie, aber sicher meint sie alles ehrlich. Das Mädchen gefällt ihr.

»Wegen der Trude Leußner brauchst du dir keine Sorgen zu machen. Das war heute nicht das erste Mal, das hat die häufig … Was sagst du? Blutarm? Nee, nee, die hat einen kleinen Knax weg.«

Sie muss unterschreiben, die Formalitäten sind erledigt, Erna Halbe ist offiziell Angestellte in der Eisenverwertungs-G.m.b.H., Berlin, Prenzlauer Allee, einhundertdreißig Mark. Lotte lacht sie glücklich an, hakt sich bei ihr unter und geht mit ihr hinaus.

Da ist der lange Gang und am Ende des Ganges ein Zimmer, durch dessen Tür man die Maschinen hämmern hört. Als Lotte und Erna eintreten, wird alles still, die Mädchen sehen auf. Sie sehen sich die Neue genau an, ihre Kleidung, ihre Haltung, Gesicht, Beine und Frisur. Erna hat noch ihren dürftigen Mantel an, darunter eine einfache Arbeitsbluse und den dunkelblauen Rock; unter der Baskenmütze wuschelt sich ihr verwaschenes blondes Haar hervor. Sie steht mit zusammengepressten Beinen da und sagt laut und tapfer: »Guten Morgen!«

Die Mädchen antworten.

»Das ist Erna Halbe«, zwitschert Lotte, »benehmt euch!«

»Zu Befehl, Stöpseljule!«, antwortet ein komisches Mädchen.

Erna lacht das freche Mädchen an, die nahe an der Tür sitzt, und alle anderen lachen auch.

Dieses Mädchen schaukelt auf ihrem Stuhl hin und her, sieht Erna an und sagt: »Lotte macht sich nämlich manchmal ein bisschen zu sehr mausig, da muss sie eins auf ihren ungewaschenen Mund bekommen, merk dir das!«

Sie springt auf ihren Stuhl, kauert sich gemütlich hin und betrachtet Erna aufmerksam. Sie heißt Elsbeth Siewertz und ist nicht gerade hübsch. Nein, überlegt Erna, das ist sie nicht. Was ist sie aber dann? Einfältig? Oder steckt nicht eher Verschlagenheit dahinter? Zumindest ist es eine Frechheit, Erna so eingehend zu betrachten. Dabei hat das Mädchen kluge warme Augen, die flink und aufmerksam alles beobachten und denen nichts entgeht. Elsbeths Haare sind in einem resoluten Schwung von rechts nach links gekämmt, ein kleiner Scheitel ziert die rechte Seite, und die Farbe ist flammend rot. Dass sie keine Schönheit ist, kommt wahrscheinlich daher, dass alle Dinge, Nase, Mund, Ohren, Stirn und Kinn, in falschen Verhältnissen zueinander stehen. Das eine ist zu groß, das andere zu klein, das dritte zu dick. Es dauert eine Weile, bis Erna das alles festgestellt hat, aber dann muss sie auch mal was anderes ansehen. Elsbeth Siewertz' Bemerkung über Lotte war übrigens ganz harmlos und lustig gemeint, das merkt Erna sofort, auch Lotte lacht darüber.

Das Zimmer ist kahl, nüchtern und nicht sehr geräumig, ein blauer Fries läuft ringsherum. Die Mädchen sitzen in zwei langen Reihen, alle in der gleichen Richtung, alle gleich weit voneinander entfernt. Einige Plätze sind frei.

»Ja«, meint Lotte, »nun sind zwei Maschinen in Reparatur. Da musst du dich schon eine Weile an die klapprige Orga Privat setzen.«

Hoho! Die Neue wird schon geduzt! Die Mädchen sehen sich an und verziehen ihre Gesichter. Das geht ja mächtig schnell. Meistens dauert es sehr lange, bis eine Neue heimisch geworden ist und die Rechte der anderen Mädchen genießt. Entweder ist das eine Mücke von Lotte, oder die Kleine ist wirklich so dumm, oder …

Was soll man schon zu dieser kleinen Landpomeranze sagen?

Elsbeth Siewertz beugt sich zu einem kleinen blonden Pummel vor: »Mensch, guck dir mal die Bluse an!«

Denn Erna hat ihren Mantel ausgezogen, die Baskenmütze abgesetzt und alles in der Garderobe der Mädchen, in einem kleinen Nebenraum, verstaut.

Sie sieht wohl, wie sie angeglotzt wird, das ist ihr nicht sehr angenehm, sie ist fremd unter diesen Mädchen, sie steht allein. Ja natürlich, Lotte hilft ihr resolut, alles wird nicht so schwierig sein, aber sie weiß, dass sie wieder rot werden wird, wenn Elsbeth herübersieht. Die Mädchen haben hübsche Sachen, nette Kleider, es sind genau neun Mädchen. Erna hat sie schon gezählt. Einige sehen noch zu ihr herüber, auch Elsbeth, die anderen schreiben wieder.

Erna probiert ihre Orga Privat, es ist ein schweres und klappriges Gestell. Die Maschine rattert wie eine Kaffeemühle.

Die anderen Mädchen schreiben auf neuen und schönen Maschinen.

»Na, ist ja egal«, sagt Erna.

»Also schön, dann schreibst du an diesem Tisch.«

»Und womit soll ich anfangen?«

»Nicht so schnell! Jetzt gehen wir erst mal zu Siodmak.«

Erna sieht, wie mit einem Ruck die Mädchen aufblicken, eine lacht auch. Sie lacht sehr komisch, leise und glucksend.

Erna geht hinter Lotte her, bis zur Tür. An der Tür bleibt sie stehen, denn Elsbeth winkt ihr zu.

»Hallo, hör mal!«

Elsbeth verzieht ihren Mund beim Sprechen, der Mund ist auffallend rot, Elsbeth schminkt sich. Ihr Vater fährt bei der Untergrundbahn, sie kommt also aus kleinen Verhältnissen. Ihre Freundinnen haben noch nicht herausbekommen, wo sie immer die netten Kleider und die vielen Kinokarten her hat. Sie wissen nur, dass Elsbeth die unverschämteste Schnauze im ganzen Büro hat und sich weder von Lortzing noch von Siodmak etwas sagen lässt. Sie ist nicht hübsch, ihr Gesicht hat nichts Puppiges, aber erstaunlicherweise ist sie weder verdorben noch leichtsinnig, sie geht mit geraden Schritten durch ihr junges Leben und weiß genau, was sie will. Sie sieht Erna ruhig an und lächelt dazu mit ihrem schiefen Mund.

»Viel Vergnügen!«

»Danke schön!«

»Und komme unbeschädigt wieder.«

Die Mädchen lachen wieder und machen vielsagende Gesichter. Nur Lotte stupst der Elsbeth auf die Stirn.

»Du bist ja meschugge!« Und zu Erna sagt sie: »Komm, lass die nur quatschen.«

Als sie aus dem Zimmer gehen, kommt Trude Leußner wieder herein.

»Na, Trude, was sagst du denn zu unserer Neuerwerbung?«

»War das die Neue?«

»Klar.«

»Die Diva der Eisenverwertungs-G. m. b. H.«

»Wie heißt sie denn?«

Ja, Lotte hatte doch ihren Namen genannt, wie heißt sie denn gleich? Niemand kennt ihren Namen, sie haben ihn vergessen.

»Nennen wir sie einfach ›Die Kleene an der Orga Privat‹!«, schlägt Elsbeth vor.

Ja, das ist wirklich interessant, dass sich eine an den aus-
rangierten Klapperkasten setzt.

»Die ist ja doof«, meint ein kleines angemaltes Mädchen.

»Wer ist doof?« Elsbeth fährt blitzschnell mit ihrem Stuhl
herum, ihre Beine wippen in die Luft. »Euch passt wohl
schon wieder nicht, dass ihr kein Püppchen bekommen habt,
was? Wenn eine der Kleinen was wegen ihrer Garnitur sagt,
die kriegt es mit mir zu tun, verstanden!«

Die Maschinen klappern weiter.

Unterdessen geht das Mädchen an der Orga Privat über
den langen Gang, um Herrn Direktor Siodmak vorgestellt
zu werden, der jeden neu eintretenden Angestellten zu sehen wünscht. Da in dieser Abteilung der Eisenverwertungs-
G.m.b.H. hauptsächlich Stenotypistinnen benötigt werden,
ist sein Interesse erschöpfend begründet.

Lotte verschwindet, um Erna anzumelden.

In dem kleinen Vorraum summt einsam und allein eine
Fliege, tief und dröhnend kreist sie an den Wänden, ringsherum, unaufhaltsam. In gleicher Höhe hängen in einfachen schwarzen Rahmen Industriebilder. Hochofenanlagen,
Maschinen, Kräne. Sonst ist das Haus still, nicht einmal die
Schreibmaschinen hört man hier, und wenn sich Erna herum-
dreht, dann knirscht der Schuh beängstigend laut.

Lotte kommt aber gleich wieder heraus, sie macht ein Zeichen zur Tür.

»Ich warte hier.«

Jetzt ist Erna nicht mehr aufgeregt, ruhig öffnet sie die
Tür und geht in das Zimmer des Direktors. Sie sieht ein paar
Klubsessel und einen großen Schreibtisch, Zigarrenrauch
zieht darüber hin. Sonst ist nichts zu sehen, kein Direktor,
nichts, sie ist allein.

Sie bleibt unbekümmert stehen und betrachtet das Zimmer etwas näher. Neben der Tür ist eine sehr schöne spiegel-
glatte Waschvorrichtung in die Wand eingelassen. Ein langes

Bücherregal mit vielen Bänden … Erna fährt erschrocken herum, neben ihr scharrt und raschelt etwas. Hinter dem Bücherregal, das auf eine außerordentlich geschickte Art das Zimmer in zwei Teile teilt, erscheint ein Sakko, der oben durch eine saubere Glatze begrenzt wird und unten in zwei kurze Beine übergeht. Da sie annimmt, dass in diesem Sakko nur Direktor Siodmak verborgen sein kann, schmettert sie ihm, nachdem der erste Schreck sich gelegt hat, ein »Guten Morgen« entgegen.

Und dann sehen sich beide einen Augenblick an.

Der Direktor lächelt mit seinem glatten rosigen Babygesicht, streichelt sich jovial die Hände und kommt ein paar Schritte näher. Er sieht sich Erna von oben bis unten genau an, fährt mit der rechten Hand über sein Kinn und betrachtet schließlich eingehend seine Schuhspitzen.

»Sie heißen, mein Fräulein?«

»Erna Halbe.«

»Fräulein Tümmler wird Ihnen wohl noch alles erklären. Tscha, sind Sie aus Berlin?« Dabei sieht er von unten aufwärts.

»Nein.«

»Merkt man, merkt man. Haben Sie denn schon eine Wohnung?«

»Ja.«

»So.«

Er legt die Hände auf den Rücken und wandert im Zimmer hin und her. Erna findet ihn ganz gemütlich.

»Wie alt sind Sie?«

»Ich werde neunzehn.«

»So. Nehmen Sie sich hier in Berlin ein bisschen in Acht, nicht wahr? Mit jungen Mädchen ist das so 'ne Sache. Sie wissen nie, was und wer der Richtige ist, verstanden?«

»Ja.«

»Und machen Sie Ihre Arbeit gut und sorgfältig.«

»Ja.«

Er dreht sich weg und streckt ihr dabei die linke Hand lässig entgegen. Sie ist feucht, als Erna sie schüttelt.

Dann geht das kleine Mädchen wieder hinaus.

»Na«, meint Lotte, »wie ist es gegangen?«

»Gut.«

»Dann ist ja alles in Butter.«

Lotte äußert sich nicht weiter über dieses Thema, und Erna fragt auch nicht. Als sie wieder in das Schreibzimmer zurückkommt, ist gerade Lortzing da, und alle Mädchen sind eifrig über ihre Maschinen gebeugt. Keine sieht auf.

Erna bekommt einen Akt, der abgeschrieben werden muss, eine verzwickte technische Spezialerörterung. Sie bemüht sich, rasch und gut zu schreiben und jeden Fehler zu vermeiden.

Die Mädchen sitzen reihenweise wie in der Schule. Jede hat einen kleinen Tisch, auf dem rechts die Maschine steht und links ein schmaler Rand übrig bleibt, auf dem Abschriften, Unterlagen und sonstige Papiere hingelegt werden können. Zu jedem Tisch gehört eine kleine Schublade, in der die Mädchen ihre kleinen Sachen verstauen. Meistens liegen darin Butterbrote, Spiegel, Kämme, Puderdöschen, Schminkstifte, Nadeln, Bücher, Zeitungen, Briefe und ähnliche Dinge bunt durcheinander.

Auch als Lortzing verschwindet, bleiben die Mädchen zuerst stumm. Sie müssen sich an die Fremde gewöhnen, die ein bisschen einsam und isoliert zwischen ihren Vertraulichkeiten und Freundschaften steht.

Heimlich beobachtet Erna die gebobbten, ondulierten, gedrehten, gelockten, glatt gekämmten und auf unterschiedliche Art frisierten Bubiköpfe. Alle Mädchen tragen schon helle und luftige Kleider, die Vorahnung des Sommers erblüht zuerst in diesen Mädchenherzen, Erna findet dagegen ihre Werktagsbluse etwas dürftig.

Gerade vor ihr sitzt Trude Leußner, die schnell und sicher

auf ihrer Maschine schreibt. Man merkt ihr nicht an, dass sie noch vor einer Stunde ohnmächtig und hilflos auf dem Boden gelegen hat. Sie ist übrigens die einzige, die noch Zöpfe trägt, lange helle Zöpfe, Lotte und Erika sitzen in anderen Zimmern, aber Elsbeth Siewertz sieht wieder zu ihr herüber. Das freche Mädchen lacht. Erna lächelt auch. Die Maschinen trommeln, die Papiere rascheln, draußen scheint die Sonne. Milde sanfte Vormittagswärme füllt das Zimmer.

Ein dünnes unscheinbares Mädchen beginnt zu flöten. Sie spitzt den Mund komisch dabei und hackt im Takt des Liedes auf ihrer Maschine. Erst probiert sie »Was machst du denn mit dem Knie, lieber Hans«, und als sie damit fertig ist, kommt der nächste Schlager dran. Sie kann viele Schlager, es klingt angenehm, man kann besser dabei schreiben, und das flötende Mädchen ist sicher stolz darauf, denn sie schielt ab und zu durch das Zimmer, ob auch alle hinhören. Sie kann zufrieden sein, allen macht es Spaß. Elsbeth ruft ihr einen anderen Schlagertitel zu, und den probiert sie auch. Das Mädchen heißt Friedel. Während sie flötet, schreiben die Mädchen pausenlos weiter.

Nach einer Weile hört Friedel auf, sie wird müde. Von Tisch zu Tisch geht eine fliegende Unterhaltung, mal erzählt die eine etwas, mal die andere. Sie unterhalten sich von Männern und vom Tanzen, von Kinos und von Kleidern, aber die Schreibmaschinen stocken keinen Augenblick. Erna horcht auf. Sie selbst sagt nichts, aber sie hört genau zu. Wie alt werden die Mädchen wohl sein, überlegt sie, älter oder jünger oder ebenso alt wie Erna, was wird sie von ihnen lernen, was wird sie überhaupt hier lernen und erleben, in dieser Stadt Berlin?

So ein Vormittag zieht sich lang hin, die Mädchen sehen nach ihren Armbanduhren, vergleichen und streiten sich um Minuten. Sie zählen die Viertelstunden. Punkt ein Uhr ziehen sich alle an und verschwinden.

»Wie lange haben wir Mittagspause?«

»Zwei Stunden«, antwortet ein kleines Mädchen mit einem ernsten Gesicht.

Das kleine Mädchen erkundigt sich, wohin Erna essen gehe. Aber da kommt schon Lotte Weißbach und stellt sich neben sie.

»Geh mit uns essen.«

»Wohin?«

»Komm, es wird dir schon gefallen.«

Erna denkt an ihre dreißig Mark. Was soll sie tun? Mit dreißig Mark kann sie nicht jeden Mittag in einem Restaurant essen. Sie kann aber den Mädchen auch nicht sagen, dass sie so wenig Geld bei sich hat, sie schämt sich etwas. Nun, einmal will sie mitgehen, später kann sie sich ja unter irgendeinem Vorwand drücken.

Das kleine ernste Mädchen geht mit ihnen, sie sagt nicht viel. Das Gesicht erinnert Erna an irgendjemand, sie weiß nicht, an wen, es ist übrigens kein auffälliges Gesicht, sehr schmal und von einer kränklichen Farbe bedeckt. Auch das Kleid unterscheidet sich erheblich von den Kleidern der anderen Stenotypistinnen, Erna ist erstaunt, dass sie das jetzt erst bemerkt. Der graue Stoff macht die Kleine sehr unscheinbar, darüber trägt sie einen braunen Konfektionsmantel, der dem unserer Erna ähnelt.

Die drei Mädchen gehen in eine Speisewirtschaft, die hinter dem Alexanderplatz liegt. Da wird im Abonnement gegessen. Außen klebt an einer Milchglasscheibe ein handgeschriebenes Plakat:

Mittagessen zu 60,
80 und 100 Pfennig

Sonst deutet nichts auf eine Wirtschaft hin, Getränke werden nicht ausgeschenkt, nur Mineralwasser und seit einiger Zeit, auf Wunsch der jungen Mädchen, die hier verkehren, auch Milch. Da treffen sich nun die jungen Leute aus den Geschäften und Büros, die um den Alexanderplatz herum liegen. Jungens, die weit von ihrer Arbeitsstelle entfernt wohnen und mittags nicht nach Hause gehen wollen; Mädchen, die allein in Untermiete wohnen und denen das Kochen zu teuer kommt. Sie können nicht viel für Essen ausgeben, sie bekommen ja einen Dreck für die acht und neun und noch mehr Stunden, die sie im Büro sitzen. Aber alle sind lustig, nun, nicht immer, aber sie haben helle klare Gesichter und finden sich in ihrem kleinen Leben zurecht. Dieser kleine Mittagstisch ist eine Geschichte für sich. Neue Worte, neue Helden und viele neue Sorgen sind aufgetaucht, man schreibt 1928, man muss sich kameradschaftlich helfen und manchmal nur, weil es nicht anders geht.

Die meisten Gäste haben Abonnementskarten, da verbilligt sich nämlich das Essen auf 55, 75 und 95 Pfennig.

Lotte isst erster Klasse.

»Mensch, du kommst doch im Abonnement viel billiger weg! Und es schmeckt nämlich wirklich gut, also da kann man nichts sagen, nicht wahr, Martha!«

Na ja, denkt Erna, essen muss ich doch etwas, da hilft alles nichts, sie kauft zehn Karten dritter Klasse.

»Menschenskind, da wirst du nicht satt!«

»Sparen«, meint Erna.

Lotte bekommt zuerst eine Kartoffelsuppe, dann eine kleine gebratene Wurst mit Kartoffeln und ein bisschen Soße und etwas Salat, Erna nur Wurst und Kartoffeln. Das stille Mädchen, das Lotte mit dem Namen Martha anredet, bestellt sich eine Portion Erbsensuppe extra.

»Ihr kennt euch wohl noch gar nicht? Das ist Martha Hummel, die Schwester von der Elfriede Hummel, verheiratet und wieder geschieden, und das ist Erna Halbe. So, und nun esst.«

Erna schluckt und schielt über den Tisch. Das junge Mädchen soll schon geschieden sein. Die sieht doch aus wie ein Kind.

»Du wirst schon noch alle kennenlernen von den Mädels aus der Eisenverwertungs-G.m.b.H. Verheiratet sind bloß zwei, die Eva Hagedorn und Lieselotte Kries. Die zeige ich dir mal im Büro. Wie alt die sind? Warte mal. Eva ist neunzehn, nicht? Die bleibt bloß noch ein paar Monate bei uns, dann macht sie zu Hause die Wirtschaft. Und Lieselotte wird wohl zweiundzwanzig sein. Die Älteste bei uns ist Erika, die Erika Tümmler, die dich so angepiepst hat. Ja, die ist sechsundzwanzig, augenblicklich in Liebe und Geschäft rechte Hand von Siodmak. Verstehst du nicht? Wirst du schon noch lernen. Was zahlst du eigentlich für deine Wohnung?«

Am Nebentisch erzählt ein Vertreter für Toilettenartikel, das sei sein erstes warmes Mittagessen seit drei Wochen, und morgen wüsste er wieder nicht, wo aus und ein. Lotte beugt sich hintenüber und fragt, ob er auch Khasana habe. Nein, aber er hat ein ausgezeichnetes anderes Puder ... Schon liegt ein Musterkästchen auf dem Tisch. Die Mädchen sind eifrig interessiert. Von den anderen Tischen kommen sie herüber und beteiligen sich am Gespräch. Ein parfümierter junger Mann mit einem finnigen Gesicht will ein paar »ganz hervorragende« Witze erzählen, aber niemand hört auf ihn.

»Mensch, hau ab«, sagt eine Kleine zu ihm. Sie macht ein empörtes energisches Gesicht, und der junge Mann dreht sich beleidigt um. Erna unterhält sich mit Martha Hummel, die weiterhin ernst bleibt, verschlossen, altklug. Erna erzählt ihr, was sie bis jetzt gemacht hat, in welchen Stellungen sie war und wie es bei ihr zu Hause aussieht.

Lotte kann sich nicht entschließen, und Martha kann ihr auch keinen Rat geben. Ein Mädchen von einem anderen Tisch ruft ihr etwas zu. Hier scheinen sich alle zu kennen, von Tisch zu Tisch wechseln die Gespräche, niemand stellt sich erst vor, die jungen Leute gehören alle zusammen. Es ist ein lockerer Zusammenhalt, ein Zusammenhalt für die Mittagspause, aber das ist schöner als Reserviertheit. Eigentlich kennen sich ja auch alle: Jeden Tag essen sie hier, ihre Mittagspausen sind fast zur gleichen Zeit, sie treffen sich in den Straßen um den Alexanderplatz herum, sie wissen, wo dieser Junge und jenes Mädchen beschäftigt sind. Das gibt einen Zusammenhalt, der durch die Gleichheit der Jahre noch verstärkt wird. Der große breitschultrige Bengel mit dem gutmütigen Hundegesicht zum Beispiel, erzählt Martha der aufmerksam horchenden Erna Halbe, ist Gehilfe in einer Buchhandlung. Er muss jeden Sonnabend die Auslagen aufbauen, und die sollen angeblich dabei immer wieder einfallen. Sie habe das übrigens noch nicht gesehen, aber die Mädchen erzählen das. Die beiden gelb ondulierten Schwestern da drüben sind qualifizierte Bubikopfschneiderinnen. Sie sparen schon lange, um sich mal einen eigenen Laden einrichten zu können.

Der Wirt, ein jovialer Mann mit rotborstigem Schnauzbart, der sich überall ein wenig an den Gesprächen beteiligt, bringt die Speisen selber. Er trägt ein einfaches Hausjackett und sieht eher wie ein Gast aus.

Erna sieht sich um. Fast alle Tische sind besetzt. An der Wand steht ein großes grünes Sofa, da sitzen ein paar Mädchen. Eine heult still vor sich hin, und die anderen versuchen sie zu beruhigen. Was ist mit der los? Lotte geht hinüber und spricht mit dem Mädchen. Sie kennen sich, sie erzählen sich ihre Nöte, sie helfen, wo es geht.

»Das ist ein Tippmädel von der Oelhag. Die Zweigstelle wird aufgelöst, und zwanzig Angestellte fliegen auf die Straße. Schlimme Sache für das Mädel, allein in Berlin, ohne Eltern. Mit dem bisschen Arbeitslosenunterstützung kann sie verhungern.«

Am Nebentisch steht ein langes schmales Mädchen auf, die durch ihr reiches rotes Haar auffällt, und geht zu dem Sofa hin.

»Ja, Hilde, tröste du sie mal!«

»Hör mal auf zu heulen! Wir werden für dich mitsuchen. Bewerbe dich mal, wenn was in der Zeitung steht. Jaja, ich weiß schon ... Du bist doch nicht dumm ... Sag mal, hattest du nicht einen Freund?«

Die Jungens und Mädchen an den Tischen hören aufmerksam zu.

»Fritz ist auch arbeitslos.«

»Na lass mal, wirst schon was finden.«

Die Kleine hört auf zu heulen, sie nuschelt nur noch leise vor sich hin und schluchzt ab und zu trocken und tief auf.

»Hilde«, sagt ein Junge zu der Rothaarigen, »du dachtest wohl, die braucht einen anderen Freund, was? Wenn Fritz hier wäre, der würde dich zu Pfeffer zerstoßen.«

Die Rothaarige sagt gar nichts, sie lächelt nur zu dem Jungen hinüber, und Erna sieht, wie ihre braunen Augen glänzen.

Eine andere aber antwortet.

»Ehe ich krepiere, suche ich mir doch einen Freund.«

»Und was macht ihr, wenn ihr keinen reichen Freund erwischt, he?« Der Vertreter für Toilettenartikel spricht sehr scharf über zwei Tische hinweg. »Det sagt ihr alle so leicht, so über die Schulter weg, wenn ihr über den Berg seid. Aber vorher, he? So viele einigermaßen bejüterte Männer wohnen ja jarnich in Berlin, um alle netten stellungslosen Mädel auszuhalten. Wenn ihr keinen anderen Ausweg wisst ...«

Die Rothaarige lächelt noch immer.

»Gar nichts sollt ihr tun. Denkt ihr, ich bin so blöde und sage der Kleinen, mache mal pipapo, dann bist du aus dem Schlamassel heraus? Ihr seid plemplem. Ich wollte bloß wissen, ob sie allein ist oder nicht.«

»Na und?«

»Was heißt hier: Na und? Das kommt ganz auf ihren Fritz an. Den kenne ich ja nicht.«

Das kleine Mädchen mischt sich wieder hinein, Fritz helfe ihr schon, aber wenn er selber nichts habe, könne er auch nichts geben.

Aus dem Lautsprecher kräht das Mittagsprogramm.

Lotte dreht sich wieder zu Erna herum, sie zählt auf, welche Mädel aus dem Büro in Untermiete und welche bei ihren Eltern wohnen. Dabei erfährt Erna, dass die Friedel mit den vielen Schlagern die Schwester Marthas ist. Friedel ist nur der Rufname, richtig heißt sie Elfriede Hummel. Nun kann sich Erna auch erklären, warum Martha sie an irgendjemand erinnert hatte. Natürlich, die kleine Flötliese sieht so ähnlich aus.

Dreizehn Mädchen sind insgesamt im Tippzimmer der Gesellschaft beschäftigt, Erna mitgezählt. Lotte, Elsbeth, die beiden Geschwister Hummel, eine ihr noch unbekannte Ottilie Heynicke, kurz Otti genannt, und natürlich Erna selbst wohnen in Untermiete. Die beiden Verheirateten, Lieselotte Kries und Eva Hagedorn, jenes kleine blonde Pummelchen, die Erna schon betrachtet hat, haben eigene Wohnungen, und die restlichen fünf Mädchen wohnen noch bei ihren Eltern.

Erna isst langsam, sie kaut jeden einzelnen Bissen lange durch und hofft, auf diese Art satter zu werden. Die Tische sind mit Papier gedeckt. Servietten gibt es keine. Das Essen wird verdammt schnell alle, jeder Bissen ist kostbar, die Wurst wird kleiner und kleiner, und Ernas Appetit steigt mehr und mehr. Aber sie muss über diesen Appetit mit all seinen Verlockungen hinwegkommen, sonst langt sie mit dem Geld nicht.

Nach dem Essen lesen einige Gäste, Jungens unterhalten sich über Fußball- und Boxkämpfe, die Mädchen über Havelrestaurants, in denen man gut tanzen kann, denn der Frühling kommt und die Sonne. Auch die Kleiderpreise und neue Filme sind interessante Themen.

Ein paar junge Männer sitzen untätig da, rauchen langsam und starren dem Rauch nach.

Erna sitzt allein für sich und hört auf den Lautsprecher. Dann holt sie sich einige illustrierte Zeitschriften, alte abgegriffene Nummern, und döst beim Lesen. Lotte und Martha haben sich zusammengesetzt und tuscheln über irgendetwas. Es muss ein ernstes Gespräch sein, Lotte macht ein heftiges und Martha ein nachdenkliches Gesicht. Man könnte denken, Lotte mache dem blassen Mädchen Vorhaltungen.

Erna sieht in ihre Zeitschriften, sie will nicht horchen. Sie schnappt nur einige Worte auf, als Lotte heftiger wird.

»So geht das nicht«, sagt die Lotte, »er holt die Polizei, und du guckst in den Mond.«

»Was soll ich denn anders machen, ich habe mir schon alles überlegt.«

»Bist du denn wieder mal dagewesen?«

»Natürlich, er hat ein Kindermädchen. Das weißt du ja. Dem ist das doch egal, bloß ich kann das nicht mehr weiter mitmachen.«

Erna liest den Roman in einer »Illustrierten«, mittendrin fängt sie an, zusammenhanglos liest sie einige Zeilen, Dinge, die sie nicht interessieren, Schicksale, die sie kaum berühren, von denen sie weder Anfang noch Ende weiß. Das rothaarige Mädchen, die der kleinen Oelhagtippse zugesprochen hat, geht an ihrem Tisch vorüber und zur Tür hinaus, mit ihren langen schönen Beinen, die sie langsam, bedächtig, aber sehr leise aufsetzt, man hört nichts, wenn sie geht, man spürt es nur, ein sanfter fratzenhafter Schritt. Auffällig sind nur die großen Knöchel und darüber die zarten Fesseln. Manchmal fürchtet man, sie würde aus den kleinen Schuhen kippen. Von Weitem bekommt ihr Gang etwas Wiegendes. Erna sieht ihr bewundernd nach. Als das Mädchen verschwunden ist, sagt der Toilettenvertreter zu einem älteren Herrn, der anscheinend nur versehentlich in dieses Lokal geraten ist: »Sehen Sie mal, det Mädchen hat den Greta-Garbo-Gang.« Das versteht der ältere Herr nicht.

Die zwei Stunden sind schnell um. Sie gehen hinaus. Die beiden jungen Mädchen unterhalten sich noch immer über dasselbe Thema, über einen Mann. Lotte beschimpft ihn, er sei ein ordinäres Subjekt, sie würde ihn schon noch einmal hochnehmen, und Martha wäre dumm, wenn sie ihm noch den Gefallen täte und sich um ihn kümmerte.

Ob sie wohl von Martha Hummels früherem Mann sprechen?, überlegt Erna. Marthas Stimme kann auch erstaunlich energisch werden.

»Was kann mir denn passieren?«, fragt sie.

»Na, lassen wir das jetzt.«

Lotte schielt zu Erna hinüber, die nicht weiter auf das Gespräch achtet. Sie sieht die Schaufenster an. Eine Weile später hakt sich Lotte wieder bei ihr ein.

Lieselotte Kries läuft ihnen in den Weg, kurz vor dem Bürohaus. Lieselotte Kries ist eine der Verheirateten, ein warmblütiges, anschmiegsames Geschöpf. Sie trägt einen neuen Hut, eine blaue Stoffkappe mit einer Silberspange.

»Von meinem Manni! Ich habe ihn eben mit in die Stadt geschleppt. Ist das nicht ein reizender Hut?«

Lotte will ihn gleich probieren.

»Schnieke! Ich wollte mir auch schon immer einen weichen Filz anschaffen.«

Lieselotte freundet sich sofort mit allen an, sie fragt Erna in den wenigen Minuten viel mehr als Martha und Lotte in der ganzen Mittagspause zusammen, sie will wissen, woher Erna komme und wie alt sie sei, ob sie gern tanze und ob sie schon einmal in Berlin gewesen ist … Sie hakt sich auch gleich bei Erna ein.

»Is doch nett, wenn man einen Mann hat, nicht wahr, der

einem gleich einen Hut kauft; wenn mir was Spaß macht, will ich es auch haben.«

»Wollen Sie denn immer auf das Büro gehen, als verheiratete Frau?«, fragt Erna.

»Ach Sie Dummerchen!« Die leuchtende duftende Lotte lacht, sie macht ein überlegenes Gesicht. »Denken Sie, das langt für uns beide? Mein Mann ist Buchhalter, sechs Jahre älter als ich. Er hat so seine Vergnügen, und ich habe meine. Er ist wirklich ein guter, lieber Kerl, wir verstehen uns glänzend. Er gibt mir auch genügend Geld. Ja, aber wenn ich nicht noch die hundertundfünfzig Mark hätte, dann könnte ich mir eben vieles nicht anschaffen. Wir beide sitzen uns nicht den lieben Tag auf der Pelle, und merken Sie sich das mal, das ist immer vorteilhaft!«

Ja, Erna sollte das am Nachmittag noch merken, auf eine etwas merkwürdige und, wie sie sich einbildete, beschämende Art. Lotte hatte nämlich zu ihr gesagt, sie solle die Abschriften, die fertig wären, zu Herrn von Lortzing bringen, ebenjenem beleibten Herrn mit der auffälligen Schmarre, der am Morgen in das Zimmer kam, als Trude Leußner ohnmächtig dalag. Lotte hatte ihr auch Lortzings Zimmer gezeigt.

Erna aber vergaß den Auftrag. Sie hatte viel zu arbeiten, die Bogen häuften sich neben ihr, sie war besonders eifrig und dachte nicht mehr an Herrn von Lortzing. Auf einmal stupst Elsbeth Siewertz ihr auf den Rücken. Erna sieht auf.

»Mensch, du hast ja deine ganzen Durchschläge noch daliegen.«

»Ach du lieber Gott! Das habe ich vergessen! Was soll ich denn da machen?«

»Schnell, sause rüber!«

Erna packt also ihre Bogen zusammen und läuft schnell durch den Gang, aber Lortzings Zimmer ist verschlossen. Was soll sie tun? Rechts ist noch ein Zimmer, da hat sie ihren Chef heute Mittag drin verschwinden sehen, und Lotte erklärte ihr, das wäre sein Privatgemach. Leider vergaß Lotte ihr zu sagen, dass allen Angestellten das Betreten des Zimmers verboten war, und so öffnet Erna ohne Weiteres die Tür, hastig und ängstlich, um die vergessenen Bogen loszuwerden.

Sie sieht Lortzing, gerade der Tür gegenüber, in einem tiefen Fauteuil sitzen, er raucht, Qualm zieht durch das Zimmer, es riecht auch nach Parfüm. Sie sieht noch mit dem ersten flüchtigen Blick, wie klein und elegant das Zimmer ist.

Da sitzt Lortzing. Erna steht einen Augenblick stocksteif da, dann wirft sie die Bogen auf den Tisch und rennt hinaus, rennt in das Tippzimmer und beginnt auf ihrer Maschine irgendeine Arbeit herunterzuhämmern, nur um etwas zu tun und den Schreck zu verwinden über das, was sie eben gesehen hat. Herr von Lortzing saß in seinem Fauteuil und auf seinem Schoß, eng an ihn geschmiegt, als wollte sie sich vor Erna verbergen, Lieselotte Kries. Das eine Band ihres Blusenkleides war ihr über den nackten Arm heruntergerutscht, Erna sieht noch die dicke runde Brust, die weiß und lüstern aus der verrutschten Bluse quoll.

Das Zimmertelefon klingelt.

Trude Leußner blickt zu Erna hinüber.

»Gehen Sie noch einmal zu Herrn von Lortzing.«

Mit klopfendem Herzen geht Erna hinüber.

Lortzing sitzt noch auf dem gleichen Platz, Lieselotte ist verschwunden.

»Was soll denn das heißen, die Durchschläge auf den Tisch pfeffern und ohne ein Wort raussausen? Wo haben Sie denn Anstand gelernt, he?«

Er steht auf und geht mit kurzen energischen Schritten auf und ab. Lotte hat ihr erzählt, Lortzing sei früher Offizier gewesen.

»Wie lange sind Sie schon hier?«

»Seit heute.«

»Ich meine, hier in Berlin?«

»Auch erst seit heute.« Seit gestern, fällt ihr hinterher ein.

»So.«

Er bleibt stehen und betrachtet sie von oben bis unten. Er betrachtet sie langsam und eingehend, und Ernas Augen werden ganz schmal, so wütend ist sie. Dazu spielt seine dicke Zunge auf den Lippen, züngelt heraus und verschwindet wieder.

»Wie alt?«

»Ich werde neunzehn Jahre, im August.«

Sie wundert sich, dass sie noch so ruhig sprechen kann.

»Sie haben wohl noch keinen Liebsten?«

Erna beißt ihre Zähne zusammen, ihre Backen laufen rot an, sie zittert, Tränen stehen ihr in den Augen, sie hat einfach Wut. Sie möchte dem Kerl ins Gesicht spucken.

Er aber sieht sie lächelnd an und zieht an seiner Zigarre.

»Na, ich will noch einmal darüber hinwegsehen.«

Er macht eine kleine Geste mit der Zigarre nach der Tür, und sie geht. Über was will er denn hinwegsehen, he? Wer ist denn hier unangenehm, widerlich, dreckig gewesen?

Er ruft sie noch einmal zurück.

»Übrigens … Sie haben natürlich nichts gesehen! Wir verstehen uns wohl.«

Erna geht langsam in das Schreibzimmer zurück. Sie presst ihre Lippen fest zusammen.

Lieselotte sitzt wieder auf ihrem Platz, sie schreibt eifrig. Nur einen Augenblick sieht sie zu Erna hinüber, nur einen kurzen Augenblick, dann schreibt sie weiter. Ihr schönes braunes Haar wuschelt sich in die Luft.

Der Tag geht weiter.

»He, he … Sie … Sie … Fräulein an der Orga Privat!«, ruft Eva Hagedorn, das verheiratete Pummelchen. »Wo haben Sie eigentlich Ihre Bluse gekauft?«

»Die habe ich mir selber gemacht.«

»Die hält warm, was?«

Jedes Mädchen sieht, dass diese altmodische und nicht sehr schöne Bluse für diese Jahreszeit schon viel zu warm und für Erna ein wenig zu klein ist. Eva Hagedorn sagt also eine Gemeinheit, alle Mädchen wissen das, und Erna weiß es auch. Sie will diese Bluse noch eine Weile tragen, eine neue kostet Geld, und das hat sie nicht.

»Daraus kann man später mal Pulswärmer machen.«

Die Mädchen lachen.

»Hört doch mit euren dämlichen Frotzeleien auf!«

Erna sieht erstaunt zu Martha Hummel hinüber, die zum ersten Mal an diesem Tag zu den anderen Mädchen spricht. Sie hat eine energische Stimme, keine widerspricht ihr. Ihr Haar ist sauber gescheitelt, schmal und klein sitzt sie an der Fensterwand, abgesondert von den anderen Mädchen, die Hände liegen auf der Maschine, und die Augen sehen böse zu Eva Hagedorn hinüber.

»Eva, du sitzt schon so fest in deiner Ehe drin, dass du gar nicht mehr weißt, wie sich ein selbständiges Mädchen durchschlagen muss. Weißt du, was eine neue Bluse kostet?«

»Gott, wenn ihr kein Geld habt, müsst ihr euch eben einen Kavalier nehmen. Tut doch nicht so.«

Elsbeth setzt sich auf ihr Tischchen und schält sich eine Apfelsine. Sie schnippst ein Stückchen Schale zu Eva hinüber und sagt ganz ruhig: »Nun hört aber endlich mit dem Quatsch auf.«

Mit kleinen schmalen Augen, geduckt und gespannt hört Erna zu. Das ist nun schon, an einem Tage, das zweite Gespräch über dasselbe Thema, das alle interessiert und anscheinend unerschöpflich ist: das Existenzminimum, die Heirat, der Freund.

Die Schreibmaschinen klappern, draußen zieht ein sanfter Hauch des Spätnachmittags, hinter dem ein Gewitter aufdämmert, über die Dächer Berlins, und dazwischen quasseln die Mädchen. Erna sagt nichts, sie hört nur zu, sie lernt, vergleicht und überlegt. Aufmerksam beobachtet sie ihre Arbeitskameradinnen, sie merkt sich ihre Worte und denkt lange und genau darüber nach. Auf einmal tippt ihr jemand auf die Schulter. Sie dreht sich um, Lieselotte! Erna erschrickt zuerst furchtbar. Warum? Das weiß sie auch nicht, und das kann sie sich auch nicht erklären.

»Kann ich heute Abend ein Stück mit dir gehen?«

»Ja, das würde mich freuen, aber ich habe schon Lotte Weißbach versprochen ...«

»Aber dann bestimmt morgen, nicht wahr?«

Lieselotte drückt ihre Hand, sieht unbefangen und großäugig zu ihr herunter und verschwindet wieder.

Erna ist noch immer rot. Die Geschichte mit Lotte ist natürlich Schwindel, sie hat heute Abend gar nichts vor. Fürchtet sie sich vor dieser Lieselotte? Aber warum denn? Oder hat sie vielleicht nur Angst vor dem, was ihr diese verheiratete Zweiundzwanzigjährige sagen will? Sicher wird ihr Lieselotte eine lange Geschichte erzählen, in der sie ein Engel sein wird, dem man verzeihen muss, und dann wird sie bitten, niemandem etwas zu sagen. Und so was kann Erna nicht vertragen.

Punkt sechs Uhr kommt Erika herein, die Erna höchstens zwei- oder dreimal an diesem Tage gesehen hat, und ruft: »Schluss!«

Die Mädchen packen ihre Sachen zusammen, waschen sich, legen etwas Rouge auf, pudern sich ein bisschen, ordnen ihre Frisuren, maniküren die Fingernägel und machen sich fertig für den Abend, für die Freiheit.

Erna sieht unruhig zu, ihr Herz klopft. Sie kommt sich so überflüssig vor. Lotte läuft ihr in die Quere.

»Wo gehst du heute Abend hin?«

Wo gehst du hin! Ja, nun ist alles anders als in der Kolonie. Dort stand Tag und Nacht der Stundenplan fest, zu geregelten Zeiten wurde gegessen, aus dem Geschäft ging sie nach Hause, die Eltern warteten, diese und jene Arbeit musste erledigt werden, und selbst die Sonntage unterschieden sich nicht sonderlich. Immer geschah das Gleiche: eine Wanderung bis zum nahen Busch, Promenade durch die Hauptstraßen, Klatsch bei einer Freundin, Arbeit zu Hause. Nun ist alles anders, sie steht allein, nichts läuft von selbst, sie muss über ihre Zeit disponieren, sie muss sich überlegen, wo sie hingehen will, denn sie kann nicht immer in ihrem Zimmer sitzen. Was will sie?

»Ich weiß nicht recht.«

»Ich würde dich ja gern mitnehmen, aber mein Freund wartet unten auf mich. Wir gehen ins Stadion sporteln. Treibst du auch Sport?«

»Ich möchte schon.«

»Schön, dann kommst du in unseren Klub. Ich nehme dich am Montag mit.«

Sie steigen die Treppen hinunter, überqueren den Hof, gehen durch das Vorderhaus und hinaus auf die Straße. Draußen fährt eben ein schöner Wagen ab, der vor dem Portal des Gebäudes stand, ein blauer offener Viersitzer. Erna sieht einen dunklen Schal wehen und helles Haar, daneben eine steife Melone.

»War das nicht Trude Leußner?«

»Ja. Und daneben der Lortzing«, bemerkt Lotte sachlich.

»Wer …?«

»Lortzing, den kennst du doch!«

»Lortzing …?«

»Was guckst du so doof? Trude ist seine Freundin. Er kann ja manchmal eklig sein, aber ich finde, er sieht erheblich stattlicher aus als Siodmak. Wenn ich zwischen Trude und Erika wählen müsste, würde ich auf die Privatsekretärin bei Herrn Siodmak pfeifen. Allerdings, vierhundert Mark ist ein hübsches Stück Geld.«

»Woher wisst ihr denn das? Das sagen die euch doch sicher nicht?«

»Woher weiß der Hund, dass er Flöhe hat?« Lotte lacht.

»Und die passen doch gar nicht zueinander. Siodmak und Lortzing sind doch viel zu alt.«

»Liebe Erna, du bist ein nettes Mädel, aber überlege dir bitte mal, wie du mit hundertzwanzig Mark, oder wie viel du ausgezahlt bekommst, in Berlin leben willst.«

Lotte verzieht ihr Gesicht, sie wollte gar nicht so etwas Heftiges sagen. Sie ist sehr gescheit, aber ihre Wahrheiten kommen manchmal ein wenig plötzlich heraus, und nun tut ihr Erna leid.

»Nimm dir das nicht so zu Herzen.« Sie lächelt und wedelt mit ihrer kleinen Patschhand vor Ernas Gesicht herum. »Du wirst schon darüber hinwegkommen. Wir sprechen nochmal von der Sache, jetzt habe ich wirklich keine Zeit. Sieh mal da rüber, ja, dort, den jungen Mann meine ich. Gefällt er dir?«

Sie zeigt über die Straße, wo ein junger Herr in einem blauen Sportanzug auf und ab geht. Er sieht nicht herüber zu den beiden Mädchen und raucht eine Zigarette nach der anderen. Der ein wenig schief sitzende Hut gibt ihm ein verwegenes Aussehen. Sein Gesicht kann Erna nicht genau erkennen.

»Das ist mein Freund.«

»Hübscher Kerl.«

»Nicht wahr? Meine ich auch. Na. Wenn du am Montagabend mitgehst, werde ich ihn dir vorstellen.«

Erna ist froh, dass sie jetzt fortgehen kann, ohne den jungen Mann kennenzulernen. Sie verabschiedet sich rasch.

Lotte, die langsam mit ihren rundlichen Beinen über die Straße schlendert, sieht von hinten sehr appetitlich aus. Immer befindet sie sich in zappelnder Bewegung. Ihrem Freund erzählt sie natürlich gleich von der »Neuen«, die sie in ihr Herz geschlossen hat. Ihr Freund hört sehr aufmerksam zu. Er ist Bankangestellter, heute hat er ein unheimlich großes

Konto durcharbeiten müssen, um Abrechnungsfehler zu finden, die Zahlen flimmern noch vor seinen Augen, Lottes Geschwätz wirkt herrlich beruhigend.

Erna aber marschiert durch die Straßen, die sich rasch mit Büroangestellten, Verkäufern, Arbeitern füllen, deren Arbeitszeit zu Ende ist. Türen öffnen sich, Laden und Fenster werden geschlossen, in den Kontoren flammen abendliche Lichter auf, die eisernen Tore der Fabriken rollen auf Schienen zurück und machen den Weg frei, alle Untergrund- und Hochbahnen sind gequetscht voll, Sirenen heulen auf den großen Verkehrsstraßen nach den Arbeiterquartieren, in die Viertel der Werktätigen ergießt sich der Massenstrom. Aus allen Seitenstraßen kommen neue Truppen. Eine rauschende und doch stille, eine gleichmäßige Flut geht durch die Straßen. Erna ist mittendrin. Ihr Herz klopft heftig. Sie kennt nun schon ungefähr die Richtung. Aufmerksam betrachtet sie alles, überall sind neue Dinge, die ihr fremd waren. Junge Mädchen laufen eilig dahin mit kunstvoll gemalten Gesichtern unter schiefen, schicken Hüten. Sie treffen sich mit den jungen Männern dieser Stadt, sie verschwinden in Cafés, aus den Cafés tönt Tanzmusik, sie fahren mit den Autobussen, ihre knappen geschmackvollen Frühjahrskleider leuchten im Gewühl auf. Erna hat sich noch nie sonderlich um ihre Kleider gekümmert, sie ist nicht eitel und schon gar nicht anspruchsvoll, an diesem einen Tag aber beginnt sich plötzlich ihre kleine Welt zu ändern. Sie wünscht etwas anderes anzuziehen.

Vor Schmuckgeschäften bleibt sie stehen, vor Modehäusern, vor schönen Schaufenstern. Da stehen Preise dran, die mehrere Monatsgehälter Ernas ergeben. Man kann sich ja auch selber was machen, überlegt sie, sie hat zu Hause schon oft schneidern müssen.

Aber der Strom reißt sie wieder mit. Der Verkehr wächst. Privatwagen neben Privatwagen schiebt sich vorbei, die gelben Omnibusse stelzen darüber hin, ihre menschenüberfüllten Dächer schaukeln gefährlich auf dem reißenden Strom. An den Straßenkreuzungen stauen sich die Massen. Der Schupo hebt eine Hand, alles passiert den Fahrdamm. Die Angestellten tragen Mappen, in denen ihr Frühstück war, die Arbeiter Essenskrüge. Die Schritte der Mädchen sind beschwingter als am Morgen, die Ruhepause kommt, die Freizeit, der Abend. Alle laufen rasch, denn heftige Windstöße fauchen in die dunklen, schnell über die Stadt hinziehenden Wolken, Regen wird kommen, Gewitter, und die Wärme des Tages in einer erlösenden Nacht hinwegspülen. Der hastige bedrückende Atem der Natur zwingt die Menschen, anders zu atmen, schwerer und unruhiger, es ist ein seltsames Gefühl für Erna. Eilig klappen Fenster zu, Laternen flammen auf. Im fahlen Licht des Gewitterhimmels leuchten die Häuserfronten, blau, gelb, gespenstig, drohend und unwirklich. Man sehnt sich nach gemütlichen Zimmern und guten Freunden, hinter geschlossenen Fensterläden kann der Sturm vorüberprasseln.

Erna aber ist allein. Sie hat nichts als ihr Herz und ihre jungen Jahre. Sie geht im großen Strom, aber die Menschen sind ihr noch fremd. Die Mädchen haben kühle Gesichter, und die Männer sehen Erna nicht an. Sie ist klein und unscheinbar, aber sie hat ein stolzes Herz. Sie steht allein in dieser Stadt Berlin, ein Büromädchen, eine schlecht bezahlte Tippse, ein kleines Mädchen von nicht ganz neunzehn Jahren, aufgewachsen in einer strengen klaren Arbeiterwelt, in der nie persönlicher Ehrgeiz geweckt wurde, in der alles den gewaltigen Gesetzen und dem unumschränkten Willen der Klasse unterstellt werden musste. Aber sie wird sich nicht unterkriegen lassen von dieser verwirrenden Welt.

Wie wird sie sich bewähren?

Sie entfernt sich vom Zentrum, der Strom teilt sich wieder, einzelne schwenken in Nebenstraßen ab, die Kinos füllen sich, die Speisehäuser. Straßenbahnen und Autobusse sind überfüllt, die Hochbahnen donnern über die Straßen, im schwarzen Himmel darüber leuchten die Blitze. Der Donner rollt weit hinterher, schleppend, zögernd, das Gewitter ist noch nicht da.

In den Häusern flammen Lichter auf, die Werktätigen kommen heim, sie essen, sie ruhen sich aus.

Werde ich noch vor dem Regen zu Hause sein?, denkt Erna. Sie wünscht sich plötzlich einen Menschen, dem sie vertrauen kann in dieser Stadt, der zu ihr gehört, der sie schützt. Die vielen fremden Gesichter ängstigen sie, sekundenlang dauert das unangenehme Gefühl an, dann geht es langsam vorüber. Anfall von Heimweh, Sehnsucht nach den Eltern und Geschwistern, banger Augenblick, Trauer und Müdigkeit. Sie läuft schneller, sie überholt Fußgänger, sie wird angerempelt, Fremde streifen an ihr vorbei, in welche Straße muss sie jetzt einbiegen? Die Häuser rücken enger zusammen und werden schmutziger, die glänzenden Geschäfte verschwinden, kleine Grünwarenläden, Bäckereien, Fleischerläden, Kneipen liegen nebeneinander. Der Strom entgleitet ihr, da läuft die Nebenstraße, die zu ihrer Wohnung führt. Sie wird zur rechten Zeit, vor Ausbruch des Gewitters, zu Hause sein.

Das ist der zweite Tag in dieser Stadt, der erste im Büro. Heute hat sie nun die Mädchen von Berlin kennengelernt, einige von ihnen. Bin ich anders?, überlegt sie. Sie wollen sich einen Platz erkämpfen, mit allen Mitteln und um jeden Preis, sie setzen sich ein auf eine Art, die ihr noch unbegreiflich ist, restlos und unbedenklich. Da legt ihr diese Lotte Weißbach, kaum ein Jahr älter als Erna, die sachliche Frage vor: Wie willst du mit einhundertzwanzig Mark in Berlin leben? Erna überlegt sich, sie rechnet, aber die Frage will ihr nicht aus dem Kopf, die Frage ist unangenehm und die Antwort darauf viel zu einfach.

Als sie vor der Haustür ankommt, hat sich alles schwarz umzogen, und die ersten Tropfen fallen.

Unten im Hausflur stehen ein paar Frauen, sie bilden einen Kreis und quatschen, horchen auf den Lärm, der von oben kommt, stecken ihre Köpfe zusammen und tuscheln weiter.

Erna muss mitten hindurch, sie wird aufmerksam, feindselig und schweigend betrachtet, keine erwidert ihren Gruß, sie steigt langsam die Treppen nach oben, die Frauen sehen ihr nach.

Sie hört das Geschimpfe auch, es scheint in ihrer Etage zu sein. Der Krach wird immer stärker. Eine Mädchenstimme kreischt auf.

Die Gasfunzeln brennen matt. Viele Türen sind geöffnet, Frauen und Kinder lauschen nach oben. Einen Moment ist im Haus alles ruhig. Ein furchtbarer Donnerschlag prasselt herunter. Das Gas zittert. Die Etagenfenster sind giftig grün.

Erna steigt schnell höher, sie springt über die Stufen, sie will in ihr Zimmer kommen. Aber wie sie in der dritten Etage ist, geht der Krach oben wieder los, jemand schlägt, es klatscht durch das Haus, ein Mädchen heult laut, hinter einer Tür der dritten Etage schimpft eine keifende Frauenstimme: »So ein brutaler Mensch!«

»Was ist denn los?«, fragt Erna.

»Die hauen sich wieder!«

Ja, das hört Erna. Sie steigt die letzten Treppen empor.

»Gehen Sie weg. Ich haue Sie die Treppe runter, Sie Aas. Mit meiner Frau schlafen, das passt Ihnen wohl, he! Wir machen hier noch lange nicht Kommunismus, Sie Rotznase!«

»Wenn Sie das Mädchen noch einmal schlagen, passiert was!«

Erna kommt um die letzte Biegung, die vierte Etage liegt vor ihr. Links stehen alle Türen offen, in den Gang kann sie nicht sehen, Frau Matscheks Tür ist geschlossen. Vor der mittleren Tür, deren Gang also an Ernas Zimmer grenzen muss, liegt ein Mädchen, schluchzend, mit verwuscheltem Haar, völlig zusammengesunken. An der Wand, Erna am nächsten, steht ein junger schmächtiger Mensch in einer grauen Windjacke. Er hält seinen rechten Arm abwehrend vor das Gesicht und sieht seinen Gegner an, der ihn anbrüllt.

»Ach, seit wann hat mir denn die Zuckerpuppe Vorschriften zu machen?«

Der Mann ist groß, vierschrötig, aber von blasser ungesunder Gesichtsfarbe, er steht gerade unter der Lampe, das Licht fällt ihm voll ins Gesicht. Für dieses Arbeitermietshaus ist er erstaunlich elegant angezogen, schwarzer, glänzend gebügelter Anzug, steifer Hut, sein Schnurrbart ist kokett hochgedreht.

Auf einmal schreit Erna erschrocken auf, denn dieser Mann holt zum Schlag aus und drischt mit der flachen Hand auf den Jungen los, dem er an Kräften weit überlegen ist. Auch das junge Mädchen schreit in diesem Augenblick auf, sie schlägt mit den Beinen um sich, steht aber nicht auf, obwohl sie direkt neben dem Angreifer liegt.

Der Mann presst den verzweifelt um sich schlagenden Jungen zwischen seine Beine und schlägt nach dessen Kopf. Dazu verhöhnt er ihn noch.

»Na, rette doch dein Püppchen, he! Was gehen dich fremde Dinger an, he! Da wirst du das nächste Mal deine Finger von lassen!«

Erna sieht zitternd zu, sie will, dass diese wüste ungleiche Drescherei aufhört, aufgeregt presst sie ihre Fäuste vor den Mund. Wut und Empörung würgen ihr im Halse, warum hilft denn hier keiner?

Von oben brüllt eine Männerstimme: »Ruhe!«

Da fasst sie sich Mut, geht einen Schritt näher, denn sie muss ja zu ihrer Wohnung, hält den fremden Mann am Arm fest und sagt: »Lassen Sie doch bitte den Jungen los!«

Verwundert dreht sich der Mann mit dem koketten Schnurrbart um, er hat wahrscheinlich Erna noch gar nicht bemerkt.

»Ach, was krächzt denn da für eine Vogelscheuche?«

Erna steht mit eingezogenem Kopf da, ihre Augen sind klein geworden, die Backen rot überlaufen. Sie sieht den jungen Mann an. Über sein kreidebleiches Gesicht sickert etwas Blut. Sie wendet sich um und sagt laut: »Lassen Sie ihn los!« Der Angreifer, zu dem wahrscheinlich das Mädchen gehört, macht ein höhnisches verächtliches Gesicht. Er überlegt sich anscheinend, was er darauf sagen soll, ob es sich überhaupt lohnt zu antworten. Aber ehe er dazu kommt, hört Erna, wie aus der fünften Etage jemand langsam die Treppe heruntersteigt. Es ist ein junger Bursche, nur mit einer Hose bekleidet und mit offenem Hemd, er bleibt stehen, sieht einen Augenblick alle an und brüllt plötzlich los.

»Hört mit dem Krach auf! Sonst bekommt ihr es mit uns zu tun!«

Oben stehen anscheinend noch mehr Hausbewohner.

Der Bursche lehnt sich über das Geländer, als wolle er die Durchführung seiner Aufforderung überwachen.

Zuerst erhebt sich das junge Mädchen, sie sieht nicht auf, streicht nur das Kleid zurecht und verschwindet in der offenen Tür neben Matscheks.

Ach, das sind also meine Nachbarn, denkt Erna, die ich schon durch die dünne Wand gehört habe.

Der junge Bursche und seine Leute von oben müssen doch einen gewaltigen Eindruck auf Ernas Zimmernachbar machen. Vielleicht überlegt er sich, dass bei diesem Kräfteverhältnis nicht mehr viel zu machen ist. Er lässt den Jungen los und nuschelt etwas über das Geländer hinweg. »Mischen Sie sich nicht in meine Angelegenheiten. Das geht Sie einen Dreck an, verstanden?«

Der junge Arbeiter von oben sagt gar nichts. Er sieht nur den Mann an und lächelt geringschätzig.

Der elegante Rowdy dreht sich um, spuckt auf den Boden und wischt mit der Hand durch die Luft. Auf seinen Lippen steht Schaum, er sieht epileptisch aus. Ohne noch etwas zu sagen, geht er in die Wohnung, in der auch das Mädchen verschwunden ist, und schließt hinter sich ab.

Erna atmet erleichtert auf. Sie sieht zu dem Jungen hin, der sich mit einem Tuch das Gesicht abwischt. Dabei schmiert er sich erst richtig mit dem Blut voll.

»Haben Sie sich verletzt?«

»Nee, det is weiter nischt.«

Er geht langsam durch den Gang, hinten steht eine Tür offen, ehe er aber in der Wohnung verschwindet, sagt der junge Bursche von oben laut, doch nicht unfreundlich: »Das musst du anders anfangen, Köhler. Wenn du dich mit dem Aas drischst, wird es dir immer dreckig gehen.«

Erna nickt heftig, das ist ganz ihre Meinung.

Der Junge sagt nichts, zuckt nur mit den Achseln und geht in seine Wohnung. Erna läuft rasch über den Gang, schließt die Tür auf und prallt gegen Frau Matschek, die sicher gehorcht hat.

»Wat sagen Sie nu dazu!«

Sie folgt gleich in Ernas Zimmer und beginnt geschäftig zu erzählen.

Erna setzt sich müde auf das Bett und stützt den Kopf in die Hände.

»Nebenan der Mann, der heeßt Berger. Sie müssen nämlich wissen, der is jar nich mit dem Mädchen verheiratet. Das is so ne wilde Ehe. Feine Nummer, sage ich Ihnen. Geht mich ja nischt an, ich kümmere mich ooch nich darum. Nich die Bohne! Der Mann verdient ja janz jut, er is bloß nich solide. Man weiß nich recht, wo er beschäftigt ist. Na, ich kümmere mich nich um andere Leute! Finger weg, sage ich immer! Wenn man sich's mal recht überlegt, is det Mädchen ja selbst dran schuld. Warum hat sie sich denn ausjerechnet mit dem Köhler eingelassen. Der is nämlich von Rotfront, ein janz Roter. Das is der, der eben die Abreibung jekriegt hat. Früher war er bei die AEG. Oberschöneweide, da haben sie ihn rausjesetzt. Jetzt jeht er stempeln. Na, dem gönne ich's ja ...«

Erna sieht abweisend auf, das Geflüster der alten Matschek erstirbt.

»Frau Matschek, lassen Sie mich bitte jetzt, ich bin sehr müde.«

Erna steht auf, sie kann die Alte nicht mehr ertragen.

»Ich wollte Sie ja bloß uffklären. Wenn Sie sich nämlich bei dem Berger reinmischen, sitzen Se schnell in den Nesseln, damit Sie's wissen. Im Übrigen nischt für ungut.«

Die Alte klappert zur Tür.

Das Fenster auf!

Draußen, in die finstere Stadt hinunter, strömt der befreiende Regen. In langen Stößen geht das Gewitter nieder. Melodisch und beruhigend rauscht der Regen, Erna zündet noch kein Licht an. Am Fenster wird die Luft kühler und frischer. In den Häusern blinken Lichter auf. Das ist die Nacht der Stadt.

Sie kämmt ihr Haar und starrt mit weit aufgerissenen Augen in die Dunkelheit. Ihre Hände gleiten nahe an den Augen vorüber, kräftige energische Hände, die gut riechen.

Nebenan hört sie Stimmen, einzelne Worte sind deutlich zu verstehen. Das Haus beruhigt sich, die horchenden Türen werden geschlossen, die Leute setzen sich an den Abendtisch. Das Grammofon spielt wieder. Der Regen rauscht. Das kleine Mädchen sitzt auf dem Fensterbrett und starrt hinaus in die fremde Stadt, deren Luft sie atmet, atmen muss, deren Ereignisse sie packen und in den Strudel ziehen, deren Menschen sie schon hassen und lieben. Sie reagiert einfach und entschieden auf alle Dinge. Sie weiß, dass der Regen wieder versiegen wird, die Nacht kommt und dann der Morgen. Sie weiß, dass sie wieder arbeiten muss und lernen, denn sie steht allein und will nicht verschwinden, eine kleine Unbekannte, ein armes Mädel aus der Provinz.

Nein.

Sie macht Licht, holt aus ihrem Koffer das Sonntagskleid und näht die ganze Nacht. Sie ändert und bessert aus. Sie muss ein schönes modernes Kleid haben, das sie im Büro und auf der Straße tragen kann. Sie hat dann zwar kein Sonntagskleid mehr, aber das ist ihr jetzt gleichgültig.

Beim Kramen fällt ihr eine altmodische Mantelkappe in die Hände, die hat sie im Koffer als Zwischenlage benutzt, damit sich ihre Sachen nicht zerstoßen. Was macht sie damit? Als sie zu schneiden anfängt, weiß sie selbst noch nicht genau, was dabei herauskommen soll. Sie trennt die Schnüre los und näht einige Falten zusammen und probiert einmal im Spiegel und erschrickt. Da sieht ihr ein freches Gesicht entgegen, mit einer tollen Kappe, wie sie in den modernen Modezeitschriften abgebildet sind. Der Filz schmiegt sich eng an den Kopf und überschneidet schräg die Nase. Nur ein Auge schimmert hervor, ein Schleier liegt darum, ein verheißungsvoller Hauch. Sie erschrickt vor sich selber.

Sie arbeitet bis in die späte Nacht. Draußen strömt der Regen weiter, es wird kühl im Zimmer. Von Weitem hört man manchmal eine Autohupe, gedämpft, sanft, beruhigend. Dann wäscht sie sich, spritzt den ganzen Körper mit kaltem Wasser frisch, macht ein paar Freiübungen und stürzt ins Bett.

Sie schläft traumlos und fest, aber nach fünf Stunden muss sie schon wieder heraus.

Draußen klingelt wer. Frau Matschek schlurft durch den Gang, der Milchmann klappert mit den Kannen, die Tür wird wieder geschlossen.

Erna dehnt sich im Bett. Da liegen noch die Sachen, an denen sie in der Nacht gearbeitet hat, Kappe und Kleid. Die Sonne scheint darauf, alles sieht nett und verheißungsvoll aus. Was würde Mutter dazu sagen, wenn sie wüsste, dass ihre Tochter das feine, das einzige Sonntagskleid schon werktags anzieht!

Erna putzt ihre Halbschuhe blitzblank, zieht ein paar neue Strümpfe und das Kleid an und setzt den Hut auf. Aber als Frau Matschek anklopft, um den Kaffee hereinzubringen, setzt sie ihn schnell wieder ab und versteckt ihn. Erst als die Alte wieder verschwunden ist, probiert Erna die Kappe von Neuem.

Auf der einen Seite des Hutes muss noch ein Stückchen abgeschnitten werden, damit ihre Haare hervorleuchten können. Wiegend auf den Zehenspitzen, die Hände in die schmale Taille gestützt, den Kopf ein Stück zur Seite, betrachtet sie sich kritisch im Spiegel. Und da kommt ihr ein toller Einfall. Sie setzt noch einmal die Kappe ab, kämmt sich das Haar vorn in die Stirn und schneidet kurz entschlossen mit der Schere eine Ponyfrisur. Unter dem Hut hervor wellt sich jetzt ihr flammender Schopf in die hohe Stirn, von den Sommersprossen ist nichts mehr zu sehen, die hässliche Erna verschwindet. Hurra!

Dies ist der Donnerstag, der dritte Tag in Berlin. Draußen scheint die Sonne, und Erna vergisst völlig, nach der Uhr zu sehen. Stehend trinkt sie hastig Kaffee, in der einen Hand hält sie die Tasse, mit der anderen sucht sie das Nähzeug zusammen und wirft es in den Koffer, ordnet das Zimmer ein bisschen und saust los.

Vielleicht wäre sie noch zur rechten Zeit ins Büro gekommen, wenn nicht auf der Treppe wieder etwas passiert wäre.

Erna sieht ihn schon, als sie noch eine Etage höher ist als er. Sie erkennt ihn sofort wieder, den Jungen von gestern Abend, den der Zimmernachbar Ernas verprügelt hatte, den Kommunisten, wie Frau Matschek schimpft. Er trägt dieselbe Windjacke und erkennt sie anscheinend nicht wieder, obwohl er ihr ins Gesicht sieht. Leise sagt Erna »Guten Morgen« und geht vorbei.

Sie ist schon bis zur Haustür gekommen, da bleibt er stehen und ruft »Hallo!«. Sie dreht sich um. Ach, und in zehn Minuten muss sie im Büro sein.

»Ich habe Sie gar nicht wiedererkannt! Sie wohnen bei Frau Matschek, nicht wahr?« Lungenkrank, denkt Erna. Sie kennt diese Gesichter.

»Das war nett von Ihnen gestern Abend.«

»Ach, ich konnte Ihnen leider nicht helfen.«

»Nee, das wäre nicht gut möglich gewesen. Aber wissen Sie, nehmen Sie mir das nicht übel, wenn Sie mal jemanden brauchen, dann kommen Sie zu mir. Ich meine, wenn Sie mal Rat und Hilfe nötig haben, was anderes kann ich Ihnen nämlich nicht geben … Nee, nee, sagen Sie das nicht! Ihr rutscht doch so oft daneben. Sie denken wohl, ich bin zu jung? Ich bin genau dreißig, Fräulein, und habe schon allerhand erlebt und bin in der Welt rumgekommen. Aber ich will Sie nicht aufhalten. Sie müssen wohl ins Geschäft?«

Die merkwürdigen Gespräche und Bekanntschaften häufen sich, findet Erna. Nun hat sie schon jemanden, der ihr gratis Ratschläge geben will, sie muss lachen. Aber dreißig Jahre will der junge Kerl alt sein? Das hätte sie nie gedacht.

Was in diesen Häusern alles vorgeht, man wohnt nebeneinander und weiß nichts von dem anderen, er braucht unsere Hilfe, und sein Ruf verhallt, wir können vielleicht von ihm lernen, und wir fragen nicht. Wir schämen uns. Wir denken nicht an den Nebenmann.

Eine Uhr schlägt.

Achtmal.

Natürlich hat ihr der junge Kerl die letzte Chance verpatzt, pünktlich ins Büro zu kommen. Sie schwitzt, und ihr Herz klopft heftig. Das kann ja schön werden.

Im Haus der Eisenverwertungs-G.m.b.H. sieht sie niemand. Sie kommt unbehelligt bis an das Tippzimmer.

Gott sei Dank, denkt sie und reißt die Tür auf. Sie sieht, wie die Mädchen auseinanderstieben, alle stürzen zu ihren Plätzen. Sie hatten alle bei Trude Leußner gehockt.

»Gott, sind wir erschrocken!«

»Mensch, du musst dich vorher anmelden!«

Erna steht noch im Türrahmen. Sie geht strahlend in das Zimmer.

»Kiek mal die Erna an! Hat die sich fein gemacht!«

Elsbeth Siewertz ist die erste, die Ernas Verwandlung bemerkt. Ja, nun drehen sich auch die anderen Mädchen herum. Das ist doch nicht die Erna von gestern, das schicke Kleid und die herrliche Kappe ...

»Hat jemand gemerkt, dass ich zu spät gekommen bin?«

»Nee. Zieh dich nur schnell aus, sonst kommt der Alte noch rein.«

Lotte Weißbach und Erika Tümmler sind wieder nicht da, die arbeiten in ihren eigenen Zimmern.

Die Mädchen sehen sich Erna sehr aufmerksam an. Neue schicke Kleider interessieren sie immer.

»Kleid und Kappe habe ich mir selber gemacht.«

»Waas ...?«

Erna tut so, als sei das gar nichts, aber sie ist doch stolz. Jetzt erkennt wenigstens jemand ihre Leistungen an. Die Mädchen revidieren sofort und radikal ihre Meinung über diese unscheinbare Provinzkleine, ohne übrigens sehr über diesen Stimmungsumschwung nachzudenken. Es ist etwas Neues eingetreten, und das registrieren sie. Sie sehen mit den Augen und hören mit den Ohren und riechen mit den Nasen, was darüber ist, das ist vom Übel.

Lotte steckt den Kopf zur Tür herein.

»Ist Erna endlich da? ... Erna! Wie siehst du aus! Komm mal her ...!«

Sie freut sich, sie klatscht in die Hände, Erna muss aufstehen, der Stoff wird befühlt, abgeschätzt, kritisiert, und als eine noch die Kappe aus der Garderobe holt, leuchten Lottes Augen und ihr ganzes Gesicht vor ehrlicher Begeisterung.

»Menschenskind, so eine Kappe musst du mir auch machen!«

Die Maschinen tacken heftig, Worte fliegen durch das Zimmer, draußen passt eine auf, damit Lortzing oder Siodmak nicht etwa überraschend erscheinen.

Ein paar Mädels sitzen schon wieder an Trude Leußners Tisch und tuscheln mit ihr. Da muss doch etwas los sein! Was haben die bloß? Trude, die stille schweigsame Trude erzählt …

»Sieh mal, hier unten würde ich noch eine Falte hinein machen, das sieht flotter aus.«

Lotte könnte sich noch stundenlang über das Kleid unterhalten, aber sie muss gleich wieder hinüber in ihr Zimmer, der Telefonapparat braucht ihre Bedienung. Sie zieht Erna auf den Gang hinaus, mit einem bedeutungsvollen Gesicht. Ja, es ist wirklich was los.

»Trude hat sich mit Lortzing gekracht!«

Sie strahlt dabei.

»Wie findest du das?«

Erna weiß nicht, wie sie das finden soll.

»Wenn du mit deiner Arbeit fertig bist, kommst du mal zu mir herüber.«

Lotte saust schnell in ihr Zimmer, und Erna geht an ihre Schreibmaschine zurück. Ihr beginnt der Kopf zu schwindeln.

»Hört mal«, sagt Eva, »hier hat mir gestern Siodmak einen Brief an das Hauptbüro diktiert, also ich kann euch bloß sagen, da hat er Blut dabei geschwitzt. Die haben sich doch beschwert, dass seine Berechnungen nicht stimmen. Sie stimmen wohl, sagt er. Hier seht mal her.« Sie hebt ihren Diktierblock hoch und zeigt ihn herum. »Das werden fünf Schreibmaschinenseiten. Die langen Briefe kriege immer ich, da drücken sich natürlich die anderen Damens …«

»Du, mit deinem Ponem wirst du dich wohl nicht totarbeiten«, meint Elsbeth.

Erna hackt auf ihrer Orga Privat herum. Die Maschine ist ein älteres Modell und übertönt alle anderen im Zimmer.

Vor Erna sitzt Trude Leußner. Sie erzählt lebhaft und heftig, und das tut sie sonst nie. Sie hat ihre Beine hochgezogen, der helle Rock spannt sich eng über den Knien, die rosig, kräftig und gesund durch die dünnen Strümpfe schimmern. Erna schnappt einiges auf. Trude macht sich über Lortzing lustig. Die Mädchen hören aufmerksam zu.

Auf einmal schrickt Erna zusammen. Eine kleine überraschende Beobachtung verblüfft sie. Sie sieht nämlich Lieselotte Kries, die eng neben Trude sitzt, sogar den linken Arm um ihre Schulter gelegt hat und der Ahnungslosen offen und unbekümmert ins Gesicht schaut.

»Den ganzen Abend hat er mit anderen getanzt. Ich habe schon gar nicht mehr hingeguckt, und auf einmal steht er wieder vor mir und will mich einem Herrn vorstellen, einem Geschäftsfreund. Guck dir meinen Rücken an, hab ich gesagt ...«

Lotte Weißbach erzählt dann die Geschichte anders.

»Sie wollte einen Pelzmantel haben, den hat er ihr nicht gekauft ... Nee, so musst du nicht denken. Der Trude ist ganz egal, ob Lortzing mit anderen Mädels loszieht. Hier«, sie schnippst mit den Fingern, »jeden Abend eine andere, ihretwegen! Bloß zahlen muss er. Aber weißt du, Erna«, sie flüstert leise, »ich glaube, da steckt noch was anderes dahinter. Trude war früher nie krank. Ich kenne sie nun doch schon, seit sie hier ist. Nee, mir macht keiner was weis.«

»Können wir ihr nicht helfen?«

Lotte baumelt mit den dicken Beinen.

»Du willst wohl hier immer als rettender Engel auftreten? Das muss jede mit sich ausmachen. Oder etwa nicht?«

Nein, Erna ist damit nicht einverstanden, aber sie schweigt. Lotte aber erzählt, aus vielen Gründen, weiter, was sie von Erna hört, und diese und jene sieht die kleine Tippse an der Orga Privat mit anderen Augen an.

Mittags gehen sie wieder in die Speisewirtschaft, Lotte,

Erna, Martha und auch die Trude. Als Lieselotte hört, dass Trude Leußner mit in die Speisewirtschaft gehen will, schließt sie sich ebenfalls an. Erna hat das sichere und für sie unangenehme Gefühl, dass Lieselotte Angst hat.

Als ob sie klatschen würde!

Während des Essens sind die Mädchen zuerst recht vergnügt, Trude erzählt wieder von Lortzing, sehr lustig und so, als sei ihr das leichtgefallen. Erna weiß nicht recht, ob das Theater ist oder nicht. Trudes Augen glänzen fiebrig, sie erzählt hastig und aufgeregt. Erna fühlt instinktiv, dass hier irgendetwas nicht stimmt.

Natürlich, das Essen schmecke heute nicht besonders, merken die anderen das nicht? Sie habe schon richtige Magenschmerzen, sagt Trude.

Erna wechselt mit Martha den Platz und kommt so neben Trude. Sie beugt sich zu ihr herüber. »Denk doch nicht mehr an den Kerl.« Das Mädchen tut ihr leid. Trude bekommt so traurige umschleierte Augen. Vielleicht hat sie Herrn Lortzing wirklich lieb, und nun ist alles aus. Man muss sie trösten.

»Ich will euch bloß noch fertig erzählen, wie die Sache ausgelaufen ist. Früher war er doch wirklich nett. Er erzählte mir auch immer alles, und was so im Geschäft vorging, das hatte ich gewissermaßen aus erster Hand. Jetzt fängt er gleich mit seinen dreckigen Witzen an, na, ihr wisst schon …«

Trude reibt sich ihren Bauch. Sie will sich Luft machen, sagt sie. Ihr Gesicht ist aber fahl wie bei einer Kranken. Sie versucht zu lächeln.

»… ja und gestern Abend nun, ich hatte doch keine Lust, den ganzen Abend wie 'ne alte Jungfer dazusitzen, das könnt ihr euch vielleicht denken, und da habe ich gegen elf Uhr einfach Schluss gemacht. Um diese Zeit fängt es sonst immer erst an gemütlich zu werden. Ich hatte ihm gar nichts gesagt, darüber war er besonders wütend. Einfach die Garderobe geholt und losgeschoben. Na, an der Tür erwischt er mich und will mich nach Hause fahren, ganz korrekt und höflich. Nun kriegte er Angst und schmuste rum. Stürz dich nicht in Unkosten, habe ich gesagt …«

Trude, die sonst nie etwas von ihren privaten Dingen den anderen Mädchen mitteilt, äußert sich heute ausführlich und bis ins kleine Detail genau.

Es ist wie eine Verabredung, dass die Mädchen schweigend zuhören.

»… heute Morgen hat er mich auch nicht mit seiner Karre abgeholt, habe auch gar nicht darauf gewartet. Vielleicht geht er nun wieder mit seiner Frau spazieren …«

»Was, der ist verheiratet?«, platzt Erna heraus.

Die Mädchen nicken.

»Natürlich, Siodmak auch, da ist doch weiter nichts dabei.«

Trude hustet heftig und spuckt in ihr Taschentuch.

»Du, ich würde mal zum Arzt gehen.«

»Ach, das hat doch nicht viel Zweck. Ich bin ganz gesund, wird schon vorübergehen.«

Das Gespräch scheint einzuschlafen. Die Müdigkeit nach dem Essen meldet sich. Ruhen, dösen, schlafen.

Erna kann die Mädchen nicht verstehen. Sie überlegt sich hin und her, ob sie es sagen soll. Was sie sagen will, das weiß sie schon.

»Wisst ihr«, sagt sie leise zu ihnen, »ich bin ja nun erst ein paar Tage hier, und ich kenne euch auch nicht richtig, aber wenn ich mir die Sache so ansehe, bei euren Kavalieren würde ich nicht glücklich sein. Warum sucht ihr euch keine Jungens, die zu euch passen …«

»Ach, denkst du etwa, wir sorgen nicht für unser Gemüt? Da brauchst du keine Angst zu haben. Das hat damit gar nichts zu tun, das ist zweierlei …«

»Wieso?«

Jetzt mischt sich Lotte ein.

»Ach, ihr macht ja Erna ganz verdreht. Pass mal auf, ich

habe es dir doch schon erklärt. Du kannst dir mit den paar Groschen, die du hier kriegst, nischt leisten, nicht so viel! Aber du brauchst keine Angst zu haben, bei denen hier is ja 'ne Schraube los, wie die dir das vorsetzen, pipapo, fertig. Sieh mal, ich komme doch ganz gut aus, und ich habe meinen Freund gern, und er hat mich gern, also was ist da schwierig dabei? Natürlich muss er bezahlen, wenn wir irgendwohin gehen, aber das ist doch selbstverständlich …«

»Das meine ich auch nicht.«

»Du meinst mich, nicht wahr?«, fragt Trude.

»Nun macht mal einen Punkt!« Martha Hummel trommelt auf den Tisch. Sie ist wütend, aber sie hat eine völlig ruhige, leise Stimme, energisch und sicher.

»Jetzt werdet ihr wohl gleich wieder erzählen, ihr müsst verhungern, wenn ihr eure Kavaliere nicht habt! Ich weiß ganz genau, dass wir einen Dreck verdienen und in der Bude nie auf einen grünen Zweig kommen werden. Aber ebenso schlimm ist die Protzerei, die bei einigen von euch nicht mehr zum Aushalten ist. Jawohl, lasst euch das mal sagen. Theater, Autofahrten, Wein und ähnlicher blöder Quatsch, das ist immer das gleiche Lied. Jeden Tag erzählt ihr lange Geschichten, und montagmorgens ist es ganz besonders schlimm. Nur gut, dass der größte Teil Schwindel ist. Habt ihr gestern gehört, wie die kleine Annemie großschnäuzig von den Kaviarschnitten erzählte, he? Na, ich habe mich bloß gefreut, wie Otti ihr in die Parade gefahren ist. Da befindet ihr euch nämlich alle in einem kleinen Irrtum! Erna sieht das schon ganz richtig. Und wenn ein Mädchen nicht sehr gerissen oder sehr oberflächlich ist, bleibt sie im Schlamassel hängen. Das haben wir hier ja schon ein paarmal erlebt.«

»Sag mal, wer von uns lebt denn so, wie du da quatschst?«

»Lotte, du weißt ganz genau, was ihr immer erzählt, und wenn ihr bloß aufschneidet, dann ist das genauso dumm. Aber wir wollen uns doch nichts vormachen …«

»Nu wenn schon …!«

Alle drehen sich um, die Rothaarige spricht vom Nebentisch herüber, sie hat zugehört, sie begrüßt alle, denn sie kennt die Mädchen von der Eisenverwertungsgesellschaft.

»Warum habt ihr denn plötzlich Angst bekommen? Wenn Martha loslegt, wagt niemand mehr Muck zu machen. Antwortet ihr doch! Ihr seid doch gar nicht mit der Moralpredigt einverstanden! Warum wollt ihr denn nicht? Martha hat nämlich ganz und gar nicht recht.«

»Ich weiß schon, was du sagen willst«, Martha lacht freundlich zu der rothaarigen Hilde hinüber, »aber schön ist es doch nicht.«

Hilde macht große Augen und klappert mit einem Löffel auf den Tisch, sie bekommt dabei fast eine männliche Stimme.

»Erstens mal Selbstbewusstsein, zweitens Instinkt, drittens Gerissenheit, viertens Stolz. Dann gibt's ja welche, die machen für ein Kinobillett alles mögliche …«

Ein rundliches freundliches Mädchen vom Nebentisch sagt etwas dazwischen, anscheinend hat sie die bewussten Gegenleistungen für ein Kinobillett in einige konkrete handfeste Ausdrücke zusammengefasst. Erna hat nichts verstanden, aber die Mädchen lachen.

»Nee, leicht ist das alles nicht«, sagt Lotte.

»Wir sind doch noch jung. Wir wären schön dumm, wenn wir das nicht ausnützen würden. Wenn es zu spät ist, werden wir es bedauern. Bei uns im Büro war im vorigen Jahr so ein kleines Mädchen, vielleicht habt ihr sie noch gekannt, die immer so proper ging, mit schöner Wäsche und weißen Krägelchen, wie ein Unschuldsengel …«

Hilde beginnt eine Geschichte zu erzählen, eine lange Geschichte von einem Mädchen, die sich gefühllos und gerissen durchgesetzt hat und heute mit einem schwerreichen Mann verheiratet sei. Die anderen hören aufmerksam zu, nur Martha opponiert. Ihr gefallen solche rührenden Geschichten nicht, sagt sie. Aber Hilde lässt sich nicht beirren. Erna betrachtet mit leiser Bewunderung dieses schöne Mädchen, deren scharf begrenzter Mund auffällig vorgewölbt ist. Lange Wimpern bedecken die schönen Augen, die Haut ist glatt gepudert und die Augen leicht unterschattet.

Erna freut sich über dieses Gesicht, es ist so tapfer, offen und mutig, man kann lange hinsehen. Aber was der rührende rote Mund erzählt, das hat Erna noch nie gehört. In der Kolonie ging es manchmal nicht schön zu zwischen Jungens und Mädels, aber wenn eine ein Kind kriegen sollte, dann musste eben geheiratet werden, sonst wäre es dem Täter schlecht ergangen. Hilde aber erzählt die furchtbarsten Dinge in der Absicht, den anderen Mädchen Verhaltungsmaßregeln für böse Situationen zu geben, in die man hineingeraten würde, ob man wollte oder nicht.

Die beiden Tische sind eng zusammengerückt, alle hören aufmerksam und gespannt zu.

Monoton spricht die Stimme des Ansagers aus dem Lautsprecher.

Erna sieht sich um, sie sucht Trude. Das Mädchen sitzt etwas abseits und hat sich schon eine Weile nicht am Gespräch beteiligt. Was hat sie denn? Trude lehnt über ihren Stuhl und presst sich das Taschentuch auf den Mund. Erna steht schnell auf, um ihr zu helfen.

»Komm, willst du einen Schluck Wasser haben?«

Die anderen Mädchen sehen auf.

Trude sagt gar nichts. Sie zeigt nur zur Tür.

Erna führt sie zur Toilette. Draußen muss sich Trude erbrechen. Erna hält sie fest und spricht ihr beruhigend zu. Das ganze Essen ist wieder hochgekommen.

Erna holt rasch Wasser und lässt sich in der Küche einen Lappen geben. Sorgsam wischt sie Trudes Gesicht sauber.

»Komm, spül dir mal den Mund aus ... So.«

Trude lehnt sich erschöpft an die Wand, sie atmet hastig,

ihr Gesicht ist weiß und eingefallen, sie sieht auf einmal hässlich aus, hässlich, angstvoll, gehetzt. Sie hält sich krampfhaft an Ernas Schultern fest und beginnt zu weinen. Sie schluchzt wie ein kleines Kind. Erna streichelt ihr langsam über das dichte Haar.

»Sage mir doch, was du hast! Du musst wieder gesund werden.«

»Ich habe ja schon alles versucht.«

»Was denn?«

Trude weint und schluckt nur.

»Das ist nett von dir«, sagt sie, »dass du dich so um mich kümmerst, aber ich kann dir jetzt nichts sagen.«

»Du musst mir mal alles erzählen, ich kann dir sicher helfen.«

»Ach, das ist alles so ekelhaft. Ich bin doch erst zwanzig Jahre. Warum muss mir das gerade passieren!«

Erna runzelt die Stirn, sie hat ein ganz ernsthaftes Gesicht, sie weiß Bescheid.

»Komm, wir wollen wieder reingehen. Und morgen kommst du mal zu mir. Ja? Versprecke es mir. Und nun pass auf: Mache keine Dummheiten mehr!«

Trude sieht rasch auf.

»Was meinst du?«

Die tränengefüllten Augen werden groß; misstrauisch und ängstlich will sie schon wieder zurücknehmen, was sie eben erst gesagt hat.

»Ganz genau das, woran du denkst. Auf diese Art kannst du dich ruinieren, Trude. Mach keinen Blödsinn, wir werden dir schon helfen.«

Sie gehen wieder hinein; die Mädchen tun, als sei nicht viel geschehen. Nun ja, das hastige Essen! Viele vertragen das Gasthausmenü nicht.

Die Mittagspause ist um. Sie verabschieden sich und gehen in verschiedenen Richtungen davon, zum Alexanderplatz, zur Landsberger Straße, zur Frankfurter Straße.

Die Mädchen von der Eisenverwertungs-G.m.b.H. hängen sich ein, Lotte erzählt Witze, sie werden wieder fröhlich, und Lieselotte fragt sogar, wie die anderen über einen Sonntagsausflug nach Werder denken.

Ein Ausflug nach Werder? Das wäre ja herrlich! Alle im Büro machen natürlich mit. Sie fahren morgens schon hinaus und bleiben den ganzen Tag draußen. Allerdings, die richtige Zeit der Baumblüte kommt erst noch, aber wenn die Sonne so wie heute scheint, dann wird es herrlich.

Im Büro wird sofort Lieselottens Vorschlag allen mitgeteilt. Sie sind begeistert von dem Plan. Das Essen soll zusammen eingekauft werden, also Brot und Butter und Käse und Wurst und überhaupt alles, was man so braucht, und dann wollen sie frühmorgens losziehen, vielleicht von Caputh aus oder von Potsdam.

Jede hat einen neuen Vorschlag, sie sind begeistert und sprechen aufeinander ein. Keine merkt der Trude was an, die wieder stolz und unnahbar für sich sitzt und sich nicht an den Gesprächen beteiligt. Zur Erna sieht sie nicht ein einziges Mal hin.

Elsbeth Siewertz ist natürlich wieder die Wortführerin.

»Erna muss ihre Orga Privat mitnehmen, damit machen wir unterwegs Musik«, sagt sie.

Die Fenster sind offen. Warme Luft kommt von draußen herein. Kein Mädchen schreibt, sie erzählen sich, und einige tanzen begeistert herum.

Und in diesem Augenblick kommt Lortzing herein.

Er sieht sich im Zimmer um und macht ein verkniffenes Gesicht. Die Mädchen setzen sich rasch, plötzlich hämmern alle Maschinen los. Es ist komisch still im Zimmer. Lortzing bleibt ruhig an der Tür stehen, sieht in die Rücken dieser elf Mädchen und sagt dann mit seiner leisen schleppenden Stimme: »Ihnen geht es wohl zu gut!«

Weiter nichts.

Die Mädchen hören die Vögel draußen im Garten singen und die Zweige rauschen. Am Sonntag wollen sie nach Werder fahren.

»… wem es nicht passt, der braucht sich bloß zu melden. Bitte schön! Dort ist die Tür.«

Erna sieht ihn an.

»Und Sie haben es auch gerade nötig, was?«

Mit einem kurzen Ruck schließt er die Tür.

Verbissen arbeitet Erna weiter. Soso, denkt sie, nun, dass Sie mich nicht leiden können, das beruht auf Gegenseitigkeit. Wissen Sie, was ich sage, wenn Sie noch einmal hereinkommen? Und sie denkt sich vielerlei aus. Aber dann kommen wieder andere Gedanken. Der Anschnauzer bedrückt sie, wenn sie es sich auch nicht eingestehen will. Lortzings Antipathie kann ihr immerhin teuer zu stehen kommen. Arbeitslos in Berlin, das ist für so ein kleines Mädchen keine erfreuliche Aussicht.

Na schön, denkt Erna schließlich resigniert.

Der Abend kommt, die Mädchen verlassen das Haus. Lieselotte hakt sich gleich bei Erna unter.

»Wir wohnen in Schöneberg, Innsbrucker Straße. Gleich am Stadtpark. Wir können mit der Untergrund hinfahren, beinahe bis zum Haus.«

Der Abend ist noch immer schön. Sie gehen durch die überfüllten Straßen, Lieselotte hat überall etwas zu zeigen und zu erklären, im Stadtbahnwagen kennt sie einige Leute, Mädchen und junge Männer, sie weiß viel Klatsch und kann das alles auf eine spannende Art erzählen. Die Fahrt vergeht sehr schnell.

Lieselottes Wohnung liegt wirklich schön. Die beiden Zimmer und die Küche befinden sich im dritten Stock eines großen breiten Mietshauses, das eine sehr vornehme Front hat.

Lieselotte stellt gleich das Radio an.

»Wollen wir mal tanzen?«

»Ich kann nicht gut.«

»Na komm, versuchen wir es mal.« Und schon schmiegt sie sich sanft an Erna und gleitet mit ihr durch die Wohnung. Sie kann sicher und energisch führen, Erna kommt gut mit, die Sache macht ihr Spaß. Sie nähern sich dem offenen Vorsaalfenster, draußen läuten die Glocken, man kann weit über das Häusermeer hinwegsehen. Die weißen Möbel sind vom rosigen Abendlicht überzogen, süßlich und unwirklich sieht das aus.

Sie hörten eben aus dem Walzertraum …

»Schön, was?«

Sie lachen. Erna ist glücklich. So eine Wohnung möchte sie auch haben und einen netten Mann. Dann will sie gern ebenfalls zur Arbeit gehen und mitverdienen, Lieselotte müsste doch eigentlich sehr glücklich sein. Komisches Mädchen … Sie kann weit über den Platz wegsehen, über die große Stadt. Lieselotte erklärt ihr, wo der Dom liegt und der Reichstag und die Prenzlauer Allee. Erna hüpft vergnügt hoch und pfeift.

»Setz dich. So, sehe dir mal unser Familienalbum an. Ich komme gleich wieder …«

Lieselotte huscht hin und her, kocht Kaffee, auf den sich Erna schon freut, entschuldigt dies und jenes, ruft aus der Küche etwas zu Erna hinüber, die in der »guten Stube« sitzt, und erzählt vielerlei, nur von ihren undurchsichtigen Beziehungen zu Lortzing sagt sie kein Wort. Erna, die in ihrer kindlichen Einfalt eine strenge Beichte erwartet hatte, freut sich darüber. Ihr wäre es unangenehm gewesen, wenn Lieselotte davon angefangen hätte, und sie hört geduldig auf das harmlose Geschwätz. Lieselotte erzählt nämlich von ihrem »Manni«.

»Heute Abend ist mein Manni nicht da. Die Bankbeamten haben so einen kleinen Verein, der einmal in der Woche zusammenkommt. Sonntags machen sie Ausflüge, ich bin auch schon ein paarmal dagewesen, das ist immer riesig nett. Aber die Männer wollen am liebsten unter sich bleiben. Können sie haben! Wegen mir! Nicht wahr, Erna, wir brauchen sie nicht!«

Sie gießt Kaffee ein und sieht Erna so treuherzig mit ihren sanften braunen feuchten Tieraugen an, dass die Kleine nicken muss.

»Heute Abend kommt er sehr spät wieder. Wenn du gestern gekommen wärst, dann hättest du ihn kennengelernt, aber wenn er seinen Bierabend hat, dann rechne ich immer damit, dass ich schon im Bett liege, wenn er kommt ...«

Lieselotte zieht sich einen straff sitzenden Wolljumper über, der ihre Rundungen noch deutlicher hervorhebt.

»Weißt du, Erna, ich möchte ja gern eine Stelle als Sekretärin an der Bank bekommen, wo mein Manni ist, da könnte ich mir wirklich was zurücklegen. Jetzt muss ich mit jedem Pfennig rechnen. Deshalb haben wir uns auch noch kein Kind angeschafft. Man hofft ja jeden Tag, dass irgendeine Chance kommt, nicht wahr? Hast du nicht auch manchmal solche Rosinen? Möchtest du zum Beispiel zum Film?«

Erna überlegt.

»Nein, daran habe ich noch nicht gedacht.«

»Oder wenn man einen reichen Freund hätte!«

»Du hast doch deinen Mann.«

»Ach weißt du, vielleicht wäre der sogar damit einverstanden. Das kannst du nicht verstehen, nicht wahr? Weißt du, ich beneide dich ein bisschen, aber denke dich mal in meine Lage rein. Sieh mal, ich bin schon zwei Jahre verheiratet, in zwei Jahren ändert sich viel. Damals starb mein Vater, und ich stand allein. Mein Mann ist ein guter Kerl, und ich hatte wenigstens was für die erste Zeit. Er weiß natürlich genau, dass ich nicht immer in der kleinen Bude bleiben will. Deswegen spielt er ja auch in der Lotterie. Ist natürlich bloß Zufall.

Hier den Brotröster haben wir uns mal gekauft, als wir mit fünfzig Mark rausgekommen waren. Schade, dass wir da bloß ein Achtellos gespielt hatten.«

Sie gehen durch die Zimmer und sehen sich alles an, die Wäsche, die Möbel, das Geschirr und schließlich die Kleider. Lieselotte zieht ein langes Kleid aus weißem Voile heraus, mit buntem Besatz.

»Du machst dir doch so nette Sachen. Sieh mal hier, mit dem Ding kann ich nischt mehr anfangen. Wenn du willst, kannst du es kriegen … Ach lass doch, mir passt es sowieso nicht mehr.«

Nein, Erna will das nicht annehmen, auf keinen Fall, sie hat ein unangenehmes Gefühl dabei. Lieselotte aber tut so, als sei ihr das nur eine Erleichterung, wenn sie nicht mehr so viel im Schranke habe.

In diesem Augenblick klingelt jemand an der Vorsaaltür.

Die beiden Mädchen sehen sich an.

»Das wird doch nicht etwa mein Mann sein? Nee, der hat einen Schlüssel mit. Das ist sicher nur ein Bettler.«

Sie sehen sich den Stoff weiter an. Erna wundert sich, dass Lieselotte nicht nachsieht, wer draußen steht.

Auf einmal klingelt es wieder, leise und fast zögernd.

»Lass nur, ich sehe mal nach«, sagt Erna. Lieselotte ist auf einmal weiß geworden, ihr Mund steht offen.

Erna geht zur Tür.

Ein eleganter junger Mann sieht sie sehr erstaunt an.

»Ist Frau Kries zu Hause?«, fragt er etwas unsicher. Er trägt einen hellblauen Sommeranzug und einen weichen Hut. Der Schlips passt tadellos zu der Farbe des Anzugs.

Lieselotte kommt schnell an die Tür, sie spricht rasch, sieht aber an dem jungen Mann vorbei.

»Ah, Alfred! Darf ich euch bekannt machen: Fräulein Halbe aus unserem Büro – Herr Sommerfeld, ein Freund meines Mannes.«

Sie trinken zusammen Kaffee. Der junge Mann ist zuerst sehr still, sieht oft zu Lieselotte hin, aber Lieselotte hat meistens in der Küche zu tun, deshalb muss er sich mit Erna unterhalten. Er ist ein netter Kerl, höflich, gewandt und zuvorkommend, er kann nett plaudern. Erna will auch etwas sagen und fragt, warum er denn nicht auch bei dem Vergnügen der Bankbeamten wäre. Er sieht sie einen Moment ratlos an, und dann kommt glücklicherweise Lieselotte herein und bringt frischen Kaffee.

Die Zeit vergeht, der junge Herr sitzt schon eine halbe Stunde neben Erna. Lieselotte ist fast die ganze Zeit in der Küche, sie muss das Abendbrot machen. Nun muss er aber gehen. Auch Erna will auf keinen Fall länger bleiben.

Auf einmal dreht draußen jemand den Schlüssel in der Vorsaaltür herum. Herr Sommerfeld sieht unruhig und verlegen zu Erna hin, als könne die ihm sagen, wer da kommt.

Da stürzt Lieselotte herein, beugt ihr aufgelöstes verwirrtes Schmollgesicht den beiden zu und flüstert: »Mein Manni! Du bist der Mann von Erna! Herr Halbe! Verstanden!«

Sie stürzt wieder hinaus, und sie hören draußen ihre helle ruhige Stimme.

»Du, wir haben Besuch, du wirst staunen ... ja ... wie kommt das denn, dass du so zeitig kommst? ... So ...«

Erna staunt, sie begreift noch nicht ganz.

Der junge Herr betrachtet still und eingehend die Bilder an der Wand.

Herein kommt Herr Kries.

So hat Erna sich den Mann auf keinen Fall vorgestellt. Klein, jovial und dick, man würde ihn auf achtunddreißig Jahre schätzen, aber nie auf achtundzwanzig. Auf dem sonst ziemlich kahlen Kopf hat er einen spaßigen Lockenkranz. Seine Gäste begrüßt er sehr freundlich und zuvorkommend.

Erna muss an eine Geschichte im Büro denken, die heute Morgen passierte. Da ließ sich im Sekretariat ein Herr anmelden, dessen üppiger Haarwuchs Lotte Weißbach zu der Bemerkung veranlasste, der Herr sehe anscheinend gern Locken auf dem Kopfkissen. Erna wunderte sich über diese Redensart und bekam nun eine nette Geschichte vorgesetzt: Trude Leußner wollte sich einmal ihre Zöpfe abschneiden lassen, stieß aber auf den Widerspruch Lortzings, der ihr anvertraute, dass ihre Haare auf dem weißen Bettkissen reizend aussahen. Trude erzählte das natürlich im Büro, und nun wurde »Er möchte gern Locken auf dem Kissen haben« zu einer häufigen und beliebten Redensart der Mädchen. Daran also muss Erna denken, als sie Herrn Kries sieht.

Lieselotte stellt den Besuch vor, ihre Stimme ist laut, ihre Wangen sind rot: »Meine neue Freundin aus dem Büro, Erna Halbe, und ihr Gatte!«

Herr Kries freut sich, er ist nicht sonderlich überrascht und fordert sie auf, mit Abendbrot zu essen, aber Erna muss fort, muss unbedingt fort.

Sie verabschiedet sich und geht schnell die Treppen hinab, über die Straße, ihr zur Seite Herr Sommerfeld, der aber weder Halbe noch Sommerfeld heißt. Er sagt gar nichts, und sie sagt auch nichts. Was soll sie auch sagen? Sie geht durch einige Straßen, die sie noch nie gesehen hat, immer geradeaus, und wundert sich nur, dass der junge Herr still neben ihr hergeht.

Schließlich wird ihr das zu dumm, sie dreht sich etwas zur Seite und sagt scharf: »Wie heißen Sie denn?«

Er stellt sich vor.

»Wolf Tümmler.«

Tümmler? Tümmler? Der Name kommt Erna einigermaßen bekannt vor, ach ja, Erika Tümmler, und das ist seine Schwester, wie sich schließlich herausstellt. Er hat Lieselotte auch durch Erika kennengelernt, und ihm wäre das natürlich sehr peinlich, aber …

»Das will ich gar nicht wissen«, sagt Erna grob.

Was soll sie tun? Sie will nach Hause fahren, er soll ihr den Wagen zeigen, mit dem sie fahren muss, und dann kann er verschwinden.

Ja, Lieselotte, denkt sie, der fehlt die notwendige Klarheit, sie lässt sich treiben, ohne ein bestimmtes Ziel zu erreichen, weil sie kein Ziel hat außer jenem, viel Geld zu verdienen. Ich werde anders handeln.

»Sind Sie mir noch böse?«, fragt Wolf Tümmler.

Sie weiß nicht gleich, was sie sagen soll, und schweigt.

»Da drüben ist unser Tennisplatz, wenn ich Sie einladen darf, können wir vielleicht noch eine Weile im Klubcafé plaudern?«

Erna sieht ihn mit großen Augen an, was soll denn das heißen?

»Sie werden dort übrigens auch meine Schwester treffen.«

»Die Erika?«

»Ja. Sie hat mir schon von Ihnen erzählt. Sie sind doch erst kürzlich nach Berlin gekommen, nicht wahr?«

Hinter den Mietskasernen kommt unbebautes Gelände, hinter Bretterzäunen stehen noch Laubbäume und viel Buschwerk, Villen tauchen auf, sie schimmern schon sommerlich, gepflegte Vorgärten, schmiedeeiserne Tore, geschotterte Wege.

Bretterzäune unterbrechen das aufgeweichte wilde Baugelände, hier steht eine kleine Tür offen, man sieht auf einen Sportplatz. Zwei hell gestrichene Netztore stehen sich gegenüber, die Rasenfläche ist graugrün, vollgesogen mit Wasser, schmutzignass, ein alter Mann mit einer großen Schaufel über der Schulter geht über den Platz. Schon ist das Tor vorbei, Wolf Tümmler geht immer weiter, er zeigt quer über die Straße. Oberhalb eines hohen Drahtgeflechtes ist ein hellrosa Gebäude zu sehen, es ragt nicht viel über den Zaun hinaus. Am Toreingang befindet sich ein weißes Schild, auf dem schwarz und groß der Name des Tennisklubs steht. Einige elegante Autos warten am Straßenrand. Es ist nicht mehr hell, über die nahen Bäume zieht der Abendwind, Lichter blinken auf, alles ist von der leichten Luft des frühen warmen Abends ergriffen, ein Hauch von Melancholie, ein kühler Hauch mischt sich hinein. In den Karrees fliegen noch die weißen Bälle, laute Zurufe zerschneiden in großen Abständen die stille Luft, ein Mädchen lacht. Die Rufe hallen noch lange im Ohr.

Erna bleibt stehen und sieht zu. Der junge Mann beobachtet sie lächelnd. Vielleicht hat er ein empfindsames Herz und wünscht, dieses Mädchen, mit dem er auf so peinliche Art bekannt geworden ist, zu versöhnen. Aber Erna kümmert sich um ihren Begleiter gar nicht mehr, er ist für sie ein gut aussehender junger Mann, höflich, zuvorkommend, anscheinend der Liebhaber von Lieselotte Kries, im Übrigen aber völlig uninteressant. Er führt sie in das Klubgelände. Sie geht ruhig neben ihm, er zieht mehrere Male seinen Hut, die Leute an den Tischen grüßen, sie sehen ihnen nach.

»Das ist eine große Anlage«, erklärt er, »hinter dem Haus sind noch einige Spielplätze, hier unten ist eine Garage für die Autos.«

Im Erdgeschoss des Klubcafés befindet sich sogar ein Büfett, ein Kellner rennt die Treppe hinauf. Das Obergeschoss des Cafés ist überfüllt. Sportlich gekleidete junge Menschen, in Kashablusen, Jumpers und Plisseeröcken die Mädchen, in weißen Hosen und Hemdblusen die Jungens, sitzen zwischen den eleganten Gästen, die im Straßenanzug gekommen sind. Sie trinken Tee und Schokolade, unterhalten sich, flirten, und einige tanzen. In einer Ecke steht ein Grammofon, man hat dort den Saal etwas frei gemacht, die Tische zur Seite gerückt, nun tanzen sie auf diesem schmalen Fleck. Die Leute gefallen Erna nicht, alle starren hinter ihr her, sie hört deutlich, wie ein junger Mann etwas über sie sagt, und die Mädchen an seinem Tisch kichern dazu. Affen, denkt Erna, hier komme ich bestimmt nicht mehr her. Geld hat sie auch keins, und von Wolf Tümmler will sie sich nichts bezahlen lassen. Sie geht bis zum Grammofon, lehnt sich an die Wand und sieht sich um. Einige Mädchen sehen frisch und jung aus, die gefallen ihr. Rot und blau gestreifte Kleider leuchten im Saale, die Farben stehen kühn und frisch nebeneinander, die Kleider sind kurz, die Mädchen haben lange und kräftige Beine, das ist alles schön und angenehm. Erika gehört auch dazu. Ein älterer Herr mit silbergrauen Haaren sitzt an ihrem Tisch. Er küsst ihr die Hand, als das Grammofon aufhört, und geht fort, Wolf Tümmler winkt seiner Schwester.

»Wie kommt ihr denn hierher?«

»Deine Freundin Lieselotte hat uns bekannt gemacht.«

»So.«

Erika bekommt einen nachdenklichen Ausdruck. Ein junger Mann klopft Wolf Tümmler auf die Schulter. »Hallo!«, sagt er. Beide entfernen sich ein Stück.

»Gefällt es dir hier?«, fragt Erika.

»Nein, gar nicht.«

»Ach, warum denn nicht?« Erika bekommt ein aufmerksames Gesicht, sie rückt einen Stuhl für Erna heran und bestellt Kaffee, dann setzen sie sich ein Stück zurück und unterhalten sich, Erika tanzt nicht mehr. Erst will sie herauskriegen, warum ihr Bruder mit dieser Kleinen gekommen ist.

Wolf Tümmler kommt noch einmal vorbei, als er aber die beiden Mädchen in so eifrigem Gespräch sieht, verschwindet er wieder, ohne sich bemerkbar zu machen.

Es wird spät. Die Lampen flammen auf. Kühl steigt der Mond durch die flüssige Luft, Tische werden gewechselt. Erika tastet mit ihren klugen Augen das einfache Gesicht dieses Orga-Privat-Mädels ab, die so unauffällig und leise im Büro arbeitet und hier so gescheite Dinge sagen kann. Wolf Tümmler? Auf Herrenbekanntschaften legt Erna keinen Wert? Erika muss lachen, jetzt möchte sie ihren Bruder hier neben sich haben. Und sie ist begierig, was die Kleine ihr wohl zu sagen hat.

Später sitzen diese beiden seltsamen Mädchen allein in einer Ecke des Wilmersdorfer Klubcafés, auf einem weißen Balkon, über dem sich die helle Nacht wölbt, schön, sanft und strahlend. Sterne flirren wie Leuchtkäfer durch die zitternde Luft. Friedenau liegt draußen, Steglitz, Dahlem, die Havel. Tanzmusik kommt leicht und heiter aus den Villensiedlungen, Lampions flammen auf, ferne Rufe tauchen sanft in die helle Nacht. Mücken und Nachtfalter fallen gegen die Lampen. Sommerlich wird alles. Eiskaffee. Glückliche Luft. Stille. Erzählen …

Erna, ein kleines stämmiges Mädchen mit etwas dürren Beinen, gesund, neunzehnjährig und auf dem Sprunge, was kann sie schon erzählen? Diese Sterne werden auch über ihrer Heimat stehen. Keine zehntausend Einwohner hat Korbetha, aber die Züge halten dort. Tag und Nacht rangieren die Wagen, der Fernexpress wartet, keiner steigt aus. Unter einem dunklen Himmel schreien die Boys des Bahnhofsrestaurants, tausende Schienen laufen durcheinander, eine leuchtende Scheibe geht hoch, Pfiffe, das ist Korbetha. Nahe, zum Greifen nahe haucht das giftige Leuna seinen Atem herüber in die kleine Arbeitersiedlung, in ein niedriges Barackenhaus, das drei kinderreiche Familien beherbergt. »Weißt du, wie man dort lebt?«, fragt die Kleine. »Morgens um fünf stehen sie in den Dreckbaracken auf, dann ist überall Licht in der Kolonie, und die Männer wandern mit ihren Essenskrügen und Rucksäcken hinaus in den grauen Morgen, über die langen Straßen, in die Gruben und Werke. Ich bin auch mitgegangen, ja, Erika, ich habe auch schon in der Fabrik gearbeitet. Und was macht ihr für Gesichter, wenn ihr von ›Fabrikmädeln‹ sprecht! Alle wollt ihr nach oben, möglichst rasch und leicht, aber erst wenn einer mal ein paar Jahre in so einer Bruchbude gestanden hat, dann weiß er, wie der Weg nach oben aussieht. Ich habe es in der Fabrik nicht ausgehalten, ich bin Stenotypistin geworden. Manche glauben, das wäre ein Unterschied. Die wollen immer höher und höher steigen, und auf einmal gibt es einen Bums, und sie liegen wieder ganz unten. Ob nun zum Beispiel die Lieselotte Kries so sehr glücklich ist, wie sie immer tut, das glaube ich nicht. Ja natürlich, ich bin auch hierher gekommen nach Berlin, um mein Glück zu versuchen. Vielleicht verdiene ich einmal viel Geld, dann werde ich zurückkehren und meiner Mutter helfen und meinen Geschwistern. Zu denen gehöre ich und nicht hierher, das werde ich nie vergessen. Meine Wünsche sind viel bescheidener als eure, ich weiß ungefähr, was man erwarten darf. Ich bin losgefahren, weil mich Berlin gelockt hat. Das ist schon immer mein großer Traum gewesen. Reisen, in die Welt fahren, sich umsehen … Ich wusste natürlich, dass mir nichts in den Mund fällt. Aber ich dachte, hier mehr Aussichten zu haben. Ich habe in den paar Tagen auch schon viel gelernt, sehr viel. Manches verstehe ich nicht. Weißt du, ihr seid mir in vielen Dingen voraus, ihr wisst mehr und habt keine Illusionen, aber manche von euch tun mir trotzdem leid. Glaubst du nicht auch, dass viele enttäuscht werden und einige vielleicht ganz schlimm? Woher kommt das? Sie tasten und suchen und treiben, sie haben keinen festen Halt, und nur wenige sind restlos glücklich …«

»Bist du es denn?«

»Ja, ich bin mit mir zufrieden. Ich wünsche mir nicht zu viel und werde nie vergessen, dass es Tausenden noch viel dreckiger geht als mir. Und wenn ich hier ausrutsche, fahre ich wieder nach Hause. Natürlich, ich möchte auch lieber gut leben, aber nicht um jeden Preis …«

Erika, ein ruhiges, stolzes Mädchen mit einer schönen elastischen Gestalt, gesund, sechsundzwanzigjährig und mit vierhundert Mark Monatsgehalt, hat auch mit sechzig Mark angefangen. Ja, Erna mag wohl recht haben, meint sie, aber wer immer hier in Berlin lebt, der sieht die Dinge mit anderen Augen an. Wer erst einmal hungrig geworden ist, springt schnell von Wagnis zu Wagnis. In einer großen Stadt ist viel los, es gibt schöne Dinge, andere leben gut und bequem, die Mädchen werden umschwärmt. Man lernt also Männer kennen, liebt die einen und erträgt die anderen, die Unterschiede sind oftmals gar nicht so groß. Wer ein zartbesaitetes Gemüt hat, ist immer in Gefahr, dass mal Kurzschluss kommt. »Du musst verdammt gesund sein«, sagt Erika, »um so was zu ertragen. Nicht bloß seelisch, natürlich, ist ja Quatsch. Ich will dir was von mir erzählen. Ich bin mal so weit gewesen. So während der Inflation. Ich konnte die Straßen und die Arbeit und vor allem die Männer nicht mehr ertragen. Dabei hatte ich Geld. Ich weiß noch, es waren sehr warme Tage. Mir war alles egal. Da bin ich eines Abends raus und über den Müggelsee geschwommen, querüber. Dabei kann ich gar nichts Besonderes. Wenn ich abgesackt wäre, hätte ich wahrscheinlich nicht mehr viel gesagt. Als ich rauskam, war ich fertig. Dann geschlafen, lange geschlafen. Ich bin wieder gesund geworden. Du siehst, ich spiele Tennis. Jetzt kann ich sogar Auto fahren. Alles, wenn es sein muss ...«

Die Sterne wandern über den Himmel, fröstelnde wachsame Stille aus dem Havelland, Züge pfeifen, nahe an der Straße hört man eine Autohupe, fernes Gläserklirren ...

»Ja natürlich, da hast du schon recht, Sport und Bücher oder was weiß ich, das hilft auch nicht immer. Damals, als meine Hoffnungen zusammenknickten, als ich nicht mehr wusste, wozu diese ganzen Anstrengungen nötig sein sollen« – sie lässt ihren rechten Arm leicht auf Ernas Schulter fallen –, »da lernte ich Georg kennen, einen Freund meines Bruders, einen jungen Studenten, der keinen Pfennig hatte und sich mit jeder Arbeit durchs Leben schlug. Schnee schippen und Kohlen abladen konnte er ebenso gut wie Nachhilfestunden geben. Auf diese Art studierte er fertig, dann arbeitete er zwei Jahre praktisch im Ruhrgebiet, er ist nämlich Bergingenieur, und schließlich kam er eines Tages wieder, es war in meiner dunkelsten Zeit, als ich wirklich keinen Ausweg mehr sah. Alles, was mir damals wichtig war, Vergnügungen und angenehme Gesellschaft, Bälle, Theater und so weiter, darauf pfiff er. Er ging immer unbeirrt seinen Weg, und er hat mich kuriert. Zuerst war ich schnippisch und wollte überhaupt nichts von ihm wissen, das war schon ein schlechtes Zeichen, denn ich interessierte mich für ihn. Er hat mir auf den Kopf zugesagt, dass ich abrutschen würde. Und er hat mir feste Werte und einen sicheren Maßstab gegeben. Seit ich ihn kenne, bin ich nie mehr daneben gerutscht. Er ist vor einem Jahr nach Sowjetrussland berufen worden, ins Donezbecken, in eine Kohlengrube. Ich schreibe ihm immer. Ab und zu, aber sehr selten kommt auch ein Brief von drüben. Ich glaube, er wird wieder zurückkommen ...«

Ein Name fällt Erna ein, sie bereut sofort, dass sie ihn ausgesprochen hat: Siodmak.

Erika schweigt lange, und Erna sieht sie nicht an. Die Hand ist von ihrer Schulter geglitten.

Erna sieht hinauf in den flimmernden Himmel, über ihr steht ein dunstiger roter Schein: die Lichter der Stadt Berlin.

»Siodmak? Glaube nicht alles, was im Büro erzählt wird. Trude zum Beispiel, die hat heute zum ersten Mal was über Lortzing gesagt. Ich war selbst sehr erstaunt. Aber das hat auch seinen besonderen Grund. Siodmak ist ein gescheiter Bursche, ganz anders als Lortzing. Lortzing ist ein Beamter, der macht, was ihm gesagt wird. Aber Siodmak ist viel gefährlicher. Früher hatte ich Angst vor ihm, heute kenne ich ihn schon besser. Manchmal fahren wir zusammen im Auto raus. Willst du mal mitkommen?

»Nein.«

»Auch gut. Trude ist sehr krank, und sie sucht irgendwo

Halt, sonst würde sie nie ihre privaten Dinge so öffentlich breitgetreten haben. Die Mädchen kombinieren nur und reimen sich was zusammen, sie sehen ja viel und hören noch mehr, und wahrscheinlich wird nirgendwo so viel gequatscht wie auf den Büros ...«

Die Rufe der Autos schallen dumpf herüber, eine Wand scheint dazwischen zu liegen, da sind Gärten und dahinter die Straßen, die Straßen von Berlin.

»... und dann bekomme ich außeretatmäßig vierhundert Mark Gehalt, das werden sie dir wohl schon alles erzählt haben ...«

Erna ist sehr nachdenklich geworden, es gibt viele Dinge, von denen sie noch nichts weiß. Erika ist sieben Jahre älter. Muss ich das alles auch durchmachen?, überlegt sie sich.

»... einmal wird Georg zurückkommen, und dann ist alles gut!«

Keine klare Antwort, weiß Erna, man soll sich daraus nehmen, was richtig und was falsch ist. Heute Morgen war diese Erika noch spöttisch und unnahbar für mich, sie behandelte mich von oben herab. Nun weiß ich, dass sie gut und stark ist, sie kann lieben, sie hat gute klare Gefühle, sie ist einmal unterlegen, sie hat den Kampf nicht aufgegeben, sie sitzt neben mir, wir halten uns an der Hand, wir schweigen, was ist dies für eine seltsame Nacht. Ein Kellner klappert verschlafen vorbei, unten werden schon die Türen geschlossen, ein Auto verlässt die Garage, in der Küche singt eine grelle Mädchenstimme.

Ich möchte alle Menschen hier haben, die ich liebe! Erna atmet tief und glücklich. Was ist das doch für ein Leben in dieser Stadt! Sie vergisst vieles.

Spätnachts fährt sie mit der Untergrundbahn nach Hause, quer durch Berlin.

Am nächsten Morgen fehlt Martha Hummel, und Lieselotte Kries bringt ein kleines Paket mit. In dem Paket wird natürlich das Voilekleid sein, Lieselotte legte es ihr, ohne etwas zu sagen, auf das Schreibtischchen. Unauffällig dreht sich Erna um, ob die anderen Mädchen etwas bemerkt haben. Nein, selbst Elsbeth Siewertz schreibt eifrig. Erna will nicht, dass jemand aufmerksam wird, sie sagt nichts. Aber sie nimmt sich vor, das Kleid auf keinen Fall anzunehmen, sie muss mit Lieselotte unbedingt darüber sprechen, Erna hängt das Päckchen in die Garderobe zu ihrem Mantel, da sieht sie, dass ein Brief in der Umschnürung steckt. Ja, an Fräulein Erna Halbe. Drin liegt nur ein Zettel mit runden, weit ausgebuchteten Buchstaben, die alle wie satte Nullen über das Papier schwimmen.

»Du wirst mich sicher verachten, aber Wolf Tümmler liebt mich, und ich liebe ihn, und ich wollte dir wirklich keine Ungelegenheiten bereiten, Wolf Tümmler ist der einzige Mann, den ich wirklich liebe.«

Und das »wirklich« ist zweimal unterstrichen, Erna steckt den Brief zu sich.

Die Tage vergehen, im Büro ändert sich manches, langsam, aber sichtbar. Elsbeth Siewerts zum Beispiel bleibt fassungslos im Gang stehen, als sie Erna und Erika zusammen sieht, in ein ernstes Gespräch vertieft. Sie ruft dann Erna zu sich herüber und gibt ihr eine Filzunterlage, damit ihre Orga Privat nicht so sehr rattert. Sie sagt das ernst und finster, aber nicht jede kann sich rühmen, von Elsbeth eine Filzunterlage erhalten zu haben.

Die Mädchen brauchen Erna hier und da, die kleine Annemie Bergemann wollte eines Tages die Stellung wechseln, sie kam an die Orga Privat, und Erna erzählte ihr etwas sehr Vernünftiges, Annemie blieb in der Eisenverwertungs-G.m.b.H. Es gibt viel zu fragen in einem solchen Büro, und oft ist die Antwort schwer.

Warum kommen die Mädchen gerade zu Erna? Sie sagt alles so einfach und vernünftig, sie macht keine großen Geschichten, sondern hört erst genau zu und legt sich dann etwas zurecht. Natürlich, sie sagt, ich denke mir das so und so, aber du musst selbst wissen, wie du dich da verhältst. Das gefällt den Mädchen. Meistens kommen sie mit Liebesgeschichten und mit vielen anderen kleinen privaten Schmerzen.

Eines Morgens schlichtet sie sehr energisch einen Streit zwischen Eva und Friedel, und das erhöht ihre Autorität außerordentlich.

Jetzt gehört sie zu den Mädchen, sie bleibt die Kleine an der Orga Privat, aber darin liegt nichts Geringschätziges. Eine Remingtonmaschine kommt morgens aus der Reparaturwerkstatt, doch Erna bleibt an ihrem Klapperkasten sitzen, sie hat sich eingeschrieben.

Einmal nach dem Diktat kommt eine der jüngeren Stenotypistinnen namens Grete Theier, eine zierliche kleine Puppe, heulend aus Lortzings Zimmer. Was ist los? Lortzing hat sie abgeknutscht. Immer dasselbe. Aber da ist doch etwas Komisches dabei, Grete arbeitet schon ein Jahr im Büro und bekommt oft von Lortzing diktiert, nie hat sie etwas gesagt, und ausgerechnet jetzt kommt sie herein und heult. Aber sie heult nicht nur, sie sieht auch Erna an.

»Was soll ich denn machen, wenn er mich gleich in den Sessel schmeißt?«

Sie macht das sehr dramatisch vor.

Erna überlegt sich nicht lange.

»Du hättest ihm ein paar herunterhauen sollen.«

»Ja, und ich wäre geflogen!«

»Wieso?« Elsbeth mischt sich hinein. »Glaubst du, wir hätten uns das so ruhig gefallen lassen?«

»Was meinst du denn?«

Die Mädchen rücken eng zu einem Kreis zusammen, einige sitzen auf ihren Tischen, alle hören interessiert zu.

»Wir würden den Krempel hinschmeißen, wenn die Direktion wegen so einer Sache jemand entlassen würde.«

»Direktion? Wieso Direktion? Das ist doch schließlich noch Trudes Busenfreund!«

Nein, darüber gibt es nichts mehr zu lachen. Eva Hagedorn klettert auf ihr Tischchen, sie führt auf einmal das Wort. Wer sich das weiter gefallen lässt, der wäre schön dumm. Wir streiken einfach, dann steht Lortzing da und guckt in den Mond. Aber Eva meint das nicht ernst, der Radau macht dem Mädchen Spaß, für sie ist die ganze Sache ein Jux.

Erna wird plötzlich sehr bedächtig. Aber Elsbeth kommt ihr zuvor.

»Grete, wenn du ihm ein paar herunterhaust, und er schmeißt dich hinaus, dann muss er dauernd Angst haben, dass du zu seiner Frau rückst. Das ist zwar gemein, aber mit diesen Kerlen muss man es eben so machen.«

Das ist die Meinung von Elsbeth Siewertz.

»Nein.« Erna schüttelt den Kopf. »Macht keine Dummheiten! Wenn eine entlassen wird, und sie protestiert dagegen, dann endet die Geschichte vor dem Arbeitsgericht. Und wer hilft uns da? Niemand. Denkst du etwa, Elsbeth, mit zwei Monaten Abfindung wäre dir geholfen? Nee, eine neue Stelle willst du haben, und die bekommst du nicht. Bloß wenn wir zusammenhalten, können wir etwas erreichen. Ich meine das so: Wenn Lortzing merkt, dass nicht nur Eva oder Grete zum Beispiel, sondern wir alle ihm Widerstand entgegensetzen, dann wird er sich die Sache noch ein paarmal überlegen.«

Die Mädchen hören aufmerksam zu, ja, die Erna hat recht. Sie steht unter ihnen, ernst, selbstbewusst, sie sagt ihnen, was sie tun sollen, das sind ernste Dinge, und die zierliche Grete Theier hat eine große Sache angezettelt. Sie wollen sich helfen, wenn etwas passiert, sie haben sich alles lange genug gefallen lassen, nun ist Schluss. Was ist nur in diese Mädchen gefahren?

Ja, in dem Büro ändert sich allerhand.

Der nächste Morgen kommt, das ist ein Sonnabend. Wieder scheint die Sonne in Ernas kleines Zimmer, eine helle freundliche Sonne. Nun wird es endlich Sommer. Sie ist noch nicht ganz fertig mit Anziehen, da klopft es.

»Ein junges Fräulein steht draußen, die will Sie sprechen.«

Wer kennt mich hier? Wer steigt vier Treppen hoch, um die kleine Erna Halbe zu sprechen? Wer kann das sein?

Erna guckt erstaunt Lotte Weißbach an, die mit einem erregten verschwitzten Gesicht hereinkommt. Sie sieht aus, als wäre sie sehr schnell gelaufen. In der Hand hält sie eine Zeitung, die sie stumm in das Zimmer hereinreicht, noch ehe sie selbst darin ist. Sie zeigt auf eine kleine Nachricht, unter lokalen Mitteilungen, kaum zu entdecken:

KINDESENTFÜHRUNG

Die zweiundzwanzigjährige Angestellte Martha Hummel, geschiedene Rehbein, wohnhaft Wiclefstraße, hat Donnerstagabend aus der Wohnung ihres ehemaligen Mannes, des Kaufmanns Rehbein, in dessen Abwesenheit ihre vierjährige Tochter geholt, die durch Scheidungsbeschluss dem Mann zugesprochen war. In ihrer Wohnung ist sie seit dieser Zeit nicht mehr erschienen. Der Vater des Kindes hat eine Belohnung von 100 Mark ausgesetzt für diejenige Person, die den Aufenthalt des Kindes oder der Mutter ermittelt. Sachdienliche Mitteilungen ...

Erst dreht sich die Straße ein bisschen, Erna muss noch einmal lesen.

»Ist das unsere Martha?«

Kein Zweifel. Was ist in dieses schmächtige kleine Ding gefahren? Geht einfach hin und holt sich ihr Kind. Wo wird sie aber jetzt sein? Sie hat doch nichts zum Leben? Lotte weiß nichts.

Weiß sie wirklich nichts? Erna sieht die aufgeregte Lotte nachdenklich an.

»Du, hundert Mark ist wirklich nicht viel. Der ist anscheinend gar nicht so dahinter her.«

»Nee, wer soll ihm denn auch was mitteilen!«

»Was weißt du denn?«

»Ich? Was? ... Nichts.«

Nein, Lotte sagt nichts. Warum kommt sie dann gleich morgens zu Erna in die Wohnung gelaufen, mit der Zeitung in der Hand?

Erna erinnert sich auch an das Gespräch zwischen Lotte und Martha in der Speisewirtschaft, aber sie fragt nicht weiter, sie sagt nur: »Wenn ich wüsste, wo Martha ist, dann könnten wir sie unterstützen.«

Aber auch sie ist aufgeregt, wie Lotte und alle anderen Mädchen, als sie diese große Neuigkeit erfahren.

Ja, das Büro kommt an diesem Tag nicht zur Ruhe. Die kleine Martha Hummel, wer hätte ihr das zugetraut! Sie ist ja eine kleine Heldin, die Mädchen im Tippzimmer können stolz auf sie sein. Vielleicht muss sie jetzt irgendwo heimlich ihr Brot verdienen, das wäre eine Geschichte wie aus dem Kino, oh, wenn sie nur etwas Genaueres wüssten.

Marthas Schwester, die dünne Elfriede, sitzt völlig verdattert auf ihrem Stühlchen. Ihr bleibt die Spucke weg. Sie ist so überrascht und erschrocken, dass ihr gar nichts einfällt, kein Witz, kein Wort, nicht das Geringste. Sie weiß nicht recht, ob sie zornig oder stolz sein soll, und so sieht sie eben verdattert aus.

Lortzing kommt einmal ins Zimmer, er geht hindurch, gibt einen Auftrag, sieht eine Kopie durch, aber er merkt nichts von der Unruhe und Aufregung. Im Zimmer klappern die Schreibmaschinen, die Mädchen sitzen über ihre Diktatblöcke gebeugt, sie haben rote Köpfe, das kommt von der Arbeit, sie haben viel zu tun, was ist da weiter dabei? Lortzing geht wieder hinaus. Da sitzen Mädchen, nicht wahr, junge Stenotypistinnen, nicht wahr, unterbezahlt, aber hübsch, nicht wahr, mit vielen Gesichtern, genau gezählt zehn Stück, denn eine fehlt und zwei sitzen woanders, keine sehr alt, alle sehr selbstbewusst, ihre Herzen klopfen, aber hören kann man das nicht. Hören kann man nur, wie ihre Finger auf die Tasten klopfen und die Tasten auf das Papier.

Kindesentführung?

Ihnen ist zumute, als hätten sie dabei geholfen. Ja, manches ändert sich in dem Büro.

Die Woche geht zu Ende, am Sonntag fahren sie tatsächlich nach Werder, die Arbeit beginnt am nächsten Tag wieder.

Von Martha Hummel melden die Zeitungen nichts mehr, es ist nur ein kleiner Fall, sie bleibt verschwunden. Ein Kriminalrat vernimmt zwar die Angestellten des Büros am Dienstag kurz, ja, aber heraus kommt dabei natürlich nichts.

Nein. Die Mädchen freuen sich anscheinend darüber, dass die Polizei noch nichts entdeckt hat.

Erna passt auf, als Lotte zur Vernehmung gerufen wird. Die kleine Rotbäckige ist heute auffällig blass, aber das fällt dem Kriminalrat nicht auf. Lotte sieht hinterher die anderen Mädchen reihum an, keine beachtet sie, nur Erna macht ein nachdenkliches und vorwurfsvolles Gesicht.

Ja die Erna! Mädchen an der Orga Privat schimpft keine mehr, nicht einmal in ihrer Abwesenheit, nur Elsbeth braucht manchmal solche Kosenamen, aber dann klingt das so zärtlich und liebevoll, dass niemand etwas einzuwenden hat.

Dann kommt wieder der Mittwoch, die erste Woche ist für Erna herum, die erste Woche in Berlin.

Sie sitzt an diesem Abend in ihrem Zimmerchen und sieht hinunter in die dunstige Stadt. Der Tag verfliegt. Die müden Schatten der Frühjahrswinde hüllen Straßen und Höfe in ein ungewisses Licht, aus dem Schreie und Rufe emportauchen. Hier oben irrlichtet noch die letzte Helle des Tages und streicht über ihre rührenden Kleinmädchenfinger.

Was hält sie in der Hand? Tatsächlich eine Jungensmütze, eine Sportmütze.

Wem gehört diese Mütze? Nun, diese Geschichte ist keine Liebesgeschichte, und ich will schnell darüber hinerzählen.

Diese Mütze gehört dem Jungen aus der Koppenstraße, sie hat ihn wiedergesehen.

Wie klein ist doch diese Stadt Berlin!

Sonntagabend kamen sie aus Werder zurück, übermütig, fröhlich und sehr müde. Sie fuhren mit dem Stadtbahnzug, Erna sah zum Fenster hinaus. In Lichterfelde hatte der Zug ein paar Minuten Aufenthalt. Da steht ein junger Mann auf dem Bahnsteig, der sie immer anstarrt. Sie erkennt ihn, ja, sie erkennt ihn zuerst und lächelt. Jetzt sind sie sich schon zweimal in den Weg gelaufen, und nun wird der Zug gleich wieder losfahren, und er weiß immer noch nicht, wen er anstarrt. Und da muss sie lachen. Sie hat ihren eleganten Hut auf, da sieht sie eben verändert aus, aber jetzt weiß er auch, wer sie ist. Der Zug fährt schon, er kann nichts mehr sagen, da nimmt er seine Sportmütze und wirft sie in ihr Fenster hinein. Und sie fängt die Mütze. Er winkt und winkt und winkt.

Und nun sitzt sie, drei Tage später, in ihrem Zimmer und beguckt sich die Sache. Eine karierte Sportmütze, weiter nichts, gewissermaßen ein Gruß. Schade, denkt sie, dass er sich die Mütze nicht abholt, es ist doch eine schöne Mütze. Natürlich, er kann ja gar nicht wissen, wo Erna wohnt.

Aber sie weiß, wo er wohnt.

Natürlich, der Junge muss seine Mütze zurückhaben! Sie zieht sich an und geht auf die Koppenstraße.

Aber er wollte doch ausziehen, hm, was soll sie da machen?

Sie klettert wieder die vielen Treppen hoch, oben öffnet

eine kleine Dicke mit einem spitzigen Gesicht, das wird wohl Frau Ziegenbein sein.

»Der! Nee, den habe ich rausgeworfen. Wo er wohnt? Keene Ahnung. Mit solchen Leuten will ich nichts zu tun haben ...«

Das interessiert Erna herzlich wenig. Sie erfährt nun aber seinen Namen: Fritz Drehkopf. Auf der Polizeiwache liegt sogar schon die Ummeldung vor, und die kleine Suchende erfährt, dass Fritz Drehkopf immer noch auf der Koppenstraße wohnt, nur ein paar Nummern weiter.

Er öffnet ihr selber, wie damals, als sie ihn zum ersten Male sah. Er ist immer noch strupplig und sein Gesicht etwas verdutzt.

»Menschenskind, auf Sie warte ich schon seit vierzehn Tagen.«

»Ich wollte Ihnen bloß die Mütze wiederbringen.«

Ja Kuchen. Sie muss sich seine neue Wohnung ansehen, und dann sprechen sie noch ein wenig zusammen, was so junge Menschen eben zusammen sprechen, vom Kino und von der Arbeit und von der Stadt und von der Liebe. Das heißt, von der Liebe sprechen sie nicht viel. Warum sollen sie auch darüber sprechen? Es gibt etwas viel Schöneres als darüber sprechen.

Was ist das für ein Mädchen? Sie hat ihn erst zweimal gesehen, für wenige Minuten nur, und doch weiß sie genau, dass er ein netter, ehrlicher Kerl ist. Es lohnt sich, mit ihm befreundet zu sein.

Sie schläft in dieser Nacht bei ihm.

Am Morgen springt er zeitig aus dem Bett, denn er muss früher zur Arbeit als Erna.

Die sitzt noch zwischen den Kissen, ein bisschen matt und mit einem frischen glücklichen Gesicht. Ihre Augen sind ganz groß, und sie verfolgen alles, was Fritz tut, wie er sich wäscht, anzieht und dann selbst seinen Kaffee kocht. Und er kommt zwischendurch herüber und drückt sie, dass ihr der Atem ausgeht.

»Du, später koch ich dir Kaffee. Aber heute musst du dir selber welchen machen, ich bin noch so müde!«

Er rasiert sich in einem kleinen Wandspiegel und beobachtet sie dabei. Wie schön ist sie doch, denkt er. Er zählt sich ihre Schönheit an den Fingern ab. Sie hat wundervoll weiches Haar und eine klassische Nase, gar kein kleines unbedeutendes Näschen wie die anderen Mädchen alle. Auf ihre feuchten Lippen braucht sie kein Rouge zu legen, sie sind voll und rot und leuchtend von Natur. Und dann hat sie einen wunderbaren Körper, kräftig, gut geformt und ein klein wenig mollig, gerade so viel, wie er liebt.

Als er sich fertig angezogen hat, springt sie auch aus dem Bett.

Und was für schöne Beine. Er dreht sich bewundernd um. Die sind ja schlank und gerade wie bei einem kleinen Jungen.

Ein bisschen X, meint sie. Nun, das gefällt ihm gerade. Er will sie genauer betrachten. Nein, sie stampft mit den Füßen auf und drückt ihre Knie durch und heult wie ein kleines Kind. Da packt er sie fest an, in den Kniekehlen und im Rücken, und wälzt sich mit ihr im Zimmer herum, denn sie lässt sich das nicht gefallen, sie ist stark und hat kräftige Knochen.

Erst als sie noch einmal ins Bett kriecht, matt und zerschlagen, mit schlenkernden Beinen und verwuscheltem Kopf, hört er auf.

Dann trinken sie zusammen Kaffee, und er schmiert ihr große leuchtende Stullen. Sie hat Hunger, ihre großen weißen Zähne hacken in das Brot, seit Montag konnte sie morgens und abends nicht mehr essen, denn ihr letztes Geld verbrauchte sie in Werder, und das war nicht einmal viel. Nun hat sie nur noch einige Abonnementskarten für das Mittagessen.

Sie weiß, dass sie so nicht lange durchhalten wird. Hunger ist eine bittere Sache, beim Maschinenschreiben beginnt es ihr schon in manchen Augenblicken vor den Augen zu flimmern, deshalb meldete sie sich bei einer Kartonnagenfirma, die in der Zeitung annonciert hatte, um als Nebenbeschäftigung Adressen zu schreiben. Zu Hause liegen ein paar Pakete Briefumschläge und eine Adressenliste, die ersten siebzig Stück sind schon fertig geworden. Viel ist nicht dabei zu verdienen, das Stück einen Pfennig, aber etwas Zuschuss für die Mahlzeiten kommt schon dabei heraus.

Sie sind mit ihrem köstlichen Frühstück fertig.

»Du hast mir gleich gefallen«, sagt er, »als du das Zimmer von Frau Ziegenbein mieten wolltest, du hast mich bloß nicht ausreden lassen. Du weißt gar nicht, wie unscheinbar du ausgesehen hast. Ich dachte mir gleich, aus dem Mädel kann man was machen.«

Das sagt er mit so freundlicher Herablassung, als hätte er ihr den neuen Hut gekauft und das neue Kleid und die Ponyfrisur geschnitten.

Sie begleitet Fritz bis zu seiner Autoreparaturwerkstätte, wo er als Monteur beschäftigt ist. Vor dem Tore gehen viele Leute vorbei, und Fritz und Erna verabschieden sich vor diesem Tor. Sie umarmen sich vor allen Leuten und küssen sich. Und dann winkt sie, bis er verschwunden ist.

Ein paar Arbeiter sagen etwas zu ihr, sie geht vorbei, sie macht ein stolzes freundliches Gesicht. Junge Mädchen sehen ihr nach und lachen.

Über der Stadt steht ein guter Tag, die Straßen dampfen vor Wärme, sie läuft wie durch ein glitzerndes Meer, die Luft schimmert.

Leicht und hell gekleidete Mädchen ziehen in Scharen in die Büros und Warenhäuser und Geschäfte.

Ich werde heute Lieselottes Voilekleid umarbeiten, nimmt sich Erna vor.

Gelingt ihr nicht alles? Lebt sie nicht glücklich in der Stadt Berlin? Und da muss sie an Trude denken. Sie sieht, dass dieses Mädchen immer kränker wird, sie weiß, dass hier etwas geschehen muss, aber Trude schweigt beharrlich. Sie tut so, als sei in der Speisewirtschaft am Alexanderplatz gar nichts passiert. An ihr Versprechen denkt Trude nicht mehr. Sie erzählt nichts, sie schweigt, sie bleibt für sich. Und Erna weiß, dass sie keine Antwort bekommen wird, wenn sie fragt. Sie hat Angst um Trude.

Daran muss sie an diesem schönen Morgen denken.

Und sie will jetzt jeden Abend Briefumschläge fertig machen, Adressen schreiben, der Vorsatz fällt ihr an diesem schönen Morgen nicht sehr leicht.

Sie kommt zeitig ins Büro. Nur ein paar Mädchen sitzen im Zimmer.

Vera Kränkel, eine Jüngere, mit schwarzem Haar und blauen Augen, zeigt einen Liebesbrief herum, den sie von einem unbekannten Mann erhalten hat. Lotte Weißbach kommentiert ihn auf ihre ulkige Art, die Mädchen müssen lachen.

Auch Trude ist schon da. Sie hat ihren kleinen Herzmund vorgespitzt wie beim Flöten und malt ihn an, mit dem kleinen Finger der linken Hand korrigiert sie.

Erna sieht ihr aufmerksam zu.

»Wie geht es dir?«

Trude schielt mit ihren erstaunlich hellen Augen hoch, sie tupft weiter mit dem Stift.

»Gut.«

Das ist eine Lüge, ihre Lippen waren blutleer, unter den Augen liegen schwere dunkle Schatten.

Es ist acht Uhr, die Mädchen sind alle da.

Die kleine resolute Otti hat neben ihrer Maschine in einem Wasserglas einen Strauß einfacher Wiesenblumen stehen.

»Von wem hast du die?«, fragt Eva. »Von deinem Bollekutscher oder von deinem Lieferwagenfritze?«

»Lass dir doch von deinem geliebten Gatten welche schenken!«, antwortet Otti langsam und gedehnt.

»Mensch, ich würde mir solches Unkraut gar nicht hinstellen.«

Otti kümmert sich nicht um das Geschwätz, sie ist ein richtiges Weddinger Mädel, die sich keinen Kavalier anschafft. Aber ihre Jungens lieben sie.

Langsam vergehen die Vormittagsstunden, die Mädchen schreiben schlapp und müde, vor ihren Augen tanzen die Buchstaben, die Tag für Tag und Stunde für Stunde mit der gleichen Monotonie angeschlagen werden. Die frühe Wärme legt sich schwer auf ihre jungen Glieder. Alle sind noch müde vom vergangenen Abend, die einen haben die Nacht durchtanzt, die anderen zu Hause Strümpfe gestopft und Kleider ausgebessert, und Erna war bei Fritz Drehkopf. Alle müssen ein bestimmtes Pensum erledigen, und das ist nicht wenig. Die Chefs haben eine genaue Kontrolle, wer mit der Arbeit im Rückstand bleibt, wird einfach entlassen.

Trude arbeitet kaum noch, sie hält sich das Taschentuch an den Mund, stützt den Kopf auf, spricht mit keiner, ihr scheint es sehr schlecht zu gehen. Aber Erna, die sie beobachtet, ahnt nicht, wie schlimm es schon ist. Kurz vor zwölf Uhr sackt Trude Leußner zusammen. Sie muss wieder brechen, Erna führt sie hinaus.

Draußen fängt Trude Leußner an zu heulen, sie würgt furchtbar und zittert. Erna klopft ihr auf den Rücken, warum, weiß sie auch nicht recht, sie will nur Trude beruhigen und Klarheit haben, was dem Mädchen fehlt. Sie redet nicht mehr viel um die Sache herum.

»Sag mal, hast du einen Eingriff gemacht?«

Und dann kommt alles heraus.

Ja, Trude hat sich mit Lortzing gekracht, weil der damit nichts zu tun haben wollte. Sie weiß schon seit drei Monaten Bescheid. Erst konnte sie es nicht glauben, dann habe sie in ihrer Angst Verschiedenes versucht, Mixturen und holländisches Öl und irgendwelches ekelhafte Zeug und dann Spritzen.

»Lortzing hat mir das Geld dazu gegeben, aber ich habe keinen Arzt gefunden.« Erna sieht dieses einfältige zwanzigjährige Mädchen ernst an, sie weiß hier besser Bescheid als jede andere.

»Warum hast du mir nicht früher was gesagt? Aber jetzt darfst du nichts mehr unternehmen, verstehst du! Nichts! Gar nichts! Ich werde versuchen, einen Arzt aufzutreiben.« Und als Trude wieder zu schluchzen beginnt, setzt sie hinzu: »Komm, sei ruhig, du wirst schon wieder gesund. Hast du Schmerzen?«

»Ja.«

Im Unterleib verspürt Trude schmerzhafte Stiche, und es ist ihr so, als würde immer etwas sickern.

Erna gibt ihr Wasser zu trinken.

»Ich würde dir empfehlen, nach Hause zu gehen.«

Nein, das will Trude nicht, ihre Mutter sieht sie schon immer so merkwürdig an, sie will auf keinen Fall nach Hause.

In der Toilette riecht es übel, Erna macht ein Fenster auf, denn Trude will sich hier noch eine Weile ausruhen.

In der Toilette ist alles still, nur der Wasserhahn gluckst hohl. Trude steht mit vornübergeneigtem Kopf da, Erna sieht ihr zu.

Nach einer Weile gehen sie hinaus.

Im Gang steht Lortzing, es sieht aus, als habe er gerade die Türklinke losgelassen, er versperrt ihnen den Weg.

Erna betrachtet ihn aufmerksam, sie ist ganz ruhig, der Mann kann ihr nichts mehr tun. Er streicht über sein bartloses Kinn.

»Fräulein Leußner, das kann natürlich so nicht weitergehen. Sie bekommen ja Ihre Arbeit überhaupt nicht mehr fertig. Wenn Sie immer krank sind, müssen Sie sich eben eine Stelle suchen, die Ihrer Gesundheit mehr zusagt.«

Erna ist vor Wut zunächst sprachlos, sie kann überhaupt nichts sagen, sie möchte den Kerl anspringen. Aber ehe sie noch die richtigen Worte gefunden hat, spuckt Trude, die feine Trude, dem Herrn von Lortzing auf die Schuhe und geht vorbei.

Lortzing kann bloß sagen: »Das ist das Ende von weg.« Er verschwindet schnell in seinem Zimmer.

Im Gang ist alles still, die Mädchen warten alle im Tippzimmer, die meisten schon angezogen, denn es ist ein Uhr.

»Was wollte denn Lortzing von euch?«

»Habt ihr ihn denn gesehen?«

»Er ist doch in die Toilette hineingegangen.«

Aha, also doch, denkt Erna, dann hat er alles gehört, was Trude mir erzählt hat. Nun, das kann nichts schaden. Im Gegenteil. Lortzing wird sowieso aus dieser Geschichte nicht unbeschädigt herauskommen.

Erna will sofort in der Mittagspause noch versuchen, einen Arzt zu finden, der so was in Ordnung bringt. Sie lässt sich von Erika Tümmler einen Krankenschein für Trude geben und rückt los.

Sie weiß hier in Berlin natürlich noch keine Adresse und nichts, aber der Trude muss geholfen werden.

Das wird ein mühseliger Weg. Sie hofft, am ehesten in der Gegend Frankfurter Allee einen Arzt zu finden. Sie sieht die weißen Schildchen an den Häusern immer schon von Weitem, und dann geht es treppauf, treppab. Sie erzählt immer wieder dieselbe Geschichte. Ihre Schwester sei im dritten Monat schwanger und nun wäre die Verlobung zurückgegangen, ob da nichts zu machen sei. Bedauerndes Achselzucken, höfliches Verneinen und brüske Ablehnung wechseln ab.

Erna bekommt Angst vor diesen vielen gleichgültigen Gesichtern, sie wird müde, Trude Leußner muss schleunigst von einem Arzt untersucht werden, und keiner will helfen. Sie hat das Gefühl, als wäre sie selber krank und liefe hier um ihr Leben.

Sie kommt bald bis nach Rummelsburg, die Straßen werden lichter, hier scheinen keine Ärzte zu wohnen.

Aber an einer Neubauecke findet sie doch noch ein Schild und steigt drei Stockwerke hoch. Da wohnt eine Ärztin, in zwei sehr kleinen Zimmern. Patienten warten keine, Erna wird gleich vorgeführt, das heißt, die Ärztin, eine große etwa fünfunddreißigjährige Dame, macht selbst die Tür auf. Sie sieht frisch und sehr gesund aus, wahrscheinlich schätzt man sie deshalb jünger, als sie in Wirklichkeit ist, ihr offenes Gesicht erweckt Vertrauen.

Erna, etwas hilflos und matt von dem langen Weg und verzweifelt über das hoffnungslose Suchen, ruht sich einen Moment an der Wand aus. Sie hat heute Mittag auch noch nichts gegessen. Unhörbar flüstern ihre Lippen: Sie müssen helfen … Hier werde ich nicht eher fortgehen … bis ich sicher weiß, dass Trude herkommen darf.

»Kommen Sie herein«, sagt die Ärztin. »Sind Sie sehr müde? Was fehlt Ihnen?«

Ihre Stimme ist hart, sie spricht unpersönlich, sachlich.

Und da schwindelt Erna nicht, sie erzählt keine Geschichte, sie sagt alles genau, wie es sich wirklich abgespielt, die ganze dreckige Bürogeschichte mit Trude und Herrn von Lortzing.

Im Zimmer ist es unbehaglich warm, die Wände weiß gekalkt, eine einzelne Fliege summt. Drückende Stille, beängstigende Stille und Karbolgeruch.

Der Himmel draußen ist blau, eine einzelne Wolke segelt drüberhin.

Hoffnungslos sieht der Himmel aus.

Erna kann aus dem Fenster sehen, auf das unbebaute Gelände. Schrebergärten und Abfallplätze wechseln ab, dazwischen vermickern Schrottfabriken oder etwas Ähnliches. Aus einer Esse zieht dünner Rauch, der gar nicht in das Himmelblau passt und schmutzig darüberhin rinnt.

Solche Stunden vergessen wir nie, sie kommen wieder, trostlos, müde, traurig, beängstigend ...

Erna würgt ihre Geschichte mit einer unsicheren Stimme hervor, sie kann nur mühsam die Tränen zurückhalten, sie hat plötzlich das Gefühl, als hinge sehr viel davon ab, dass Trude wieder gesund wird ...

Die Ärztin sitzt ihr zugedreht auf einem glatten weißen Holzstuhl, die Beine übereinandergeschlagen. Der weiße Kittel fällt zur Seite, Erna sieht die schönen kräftigen Beine, darüber ruhen feste Hände im Schoß. Die Ärztin verändert keinen Augenblick ihr gleichmütiges Gesicht. Im kastanienbraunen Haar trägt sie einen schmalen silbernen Reifen.

»Warum kommt denn Ihre Freundin nicht selber?«

So und so.

»Wie sind Sie denn gerade zu mir gekommen? Hat Sie jemand hergeschickt?«

Erna erzählt, wie sie von Arzt zu Arzt gelaufen ist, von Enttäuschung zu Enttäuschung.

»Ja, mein liebes Kind, das ist eine schwere Sache. Vorbeugen ist natürlich immer besser als hinterher auskurieren.«

Erna weiß das, sie erzählt von Trude, sie verteidigt Trude. Eine Zwanzigjährige, sagt sie, die ringsumher schöne Dinge sieht und deren Freundinnen es gut haben und die in absehbarer Zeit nicht heiraten kann, die soll wohl in den Mond gucken und abwarten mit hundertunddreißig Mark ...

Die Ärztin winkt ab, das weiß sie. Sie will auch gern helfen, aber so leicht geht es natürlich nicht. Erna solle doch ihre Adresse dalassen, sie werde bestimmt Bescheid erhalten.

Das ist wenigstens eine Hoffnung, eine kleine Hoffnung, der mühselige Mittagsweg war nicht umsonst.

Hungrig, verstaubt und ermüdet kommt Erna ins Büro, zwanzig Minuten zu spät. Sie läuft gleich zu Trude.

»Also du kannst unbesorgt sein, wir werden dir helfen. Ich habe was gefunden!«

Trude sieht mit einem dankbaren Blick auf, ihre Augen sind tief unterschattet, das Gesicht eingefallen und müde.

»Ich habe noch immer Schmerzen.«

Sie zeigt auf den Unterleib.

»Hat denn Lortzing nichts von sich hören lassen? ... Nee? Na, das wundert mich.«

»Ach, deswegen brauchst du keine Angst zu haben. Der wollte bloß den starken Mann spielen. Aber er schmeißt mich doch nicht raus. Das wagt er nicht.«

Im Schreibzimmer ist alles durcheinander, bei der Arbeitsaufteilung hat es Krach gegeben. Einige erklärten, viel zu viel Arbeit bekommen zu haben, Lieselotte schimpft noch immer.

Stöße von Aufstellungen und Berichten liegen auf Ernas Tisch, die sie abtippen muss. Und sie ist so müde von der Hetzjagd durch die Stadt!

Die Maschine glotzt mit ihren fünfundvierzig Tasten kalt und böse und völlig unbeteiligt auf die kräftigen Hände dieses kleinen Mädchens. Die rührend festen und eifrigen Finger klopfen den monotonen Takt, Zehnfingersystem, Grundhaltung. Die Gelenke schmerzen, und im Unterarm zieht es, und der Kopf tut weh ... a, s, d, f ... j, k, l, ö ... Daumen auf die Zwischenraumtaste ... so hat sie Maschinenschreiben gelernt ...

»Das Wetzlar-Gräsersche Elektroschweißverfahren ...«

Die Buchstaben tanzen auf und nieder, draußen tobt der Frühling, Ruderregatta auf dem Müggelsee ...

Und wo mag Martha Hummel bloß sein? Ach, Erna weiß etwas, aber sie sagt noch nichts. Sie wartet ab. Einmal wird schon jemand zu ihr kommen und um Rat fragen.

Die Maschinen knattern weiter.

Grete Theier, in einem giftiggrünen Chiffonkleid, setzt sich an Ernas Tisch. Erna schreibt und hört zu. Zuerst erzählt die Kleine belanglose Dinge ...

»Ich lasse mir jetzt ein Jäckchenkleid aus gelbem Panamastoff machen, mit einer weißen Bluse und oben eine Schleife daran. So leicht und faltig wie bei Elsbeth ...«

Elsbeth trägt immer geschmackvolle Kleider, modern und schick, das kann niemand ableugnen.

Grete Theier hat aber noch andere Sorgen.

»... ich kann das Geplärr und das ewige Geschimpfe bei meinen Eltern nicht mehr aushalten. Wenn ich nachts zwölf Uhr noch nicht zu Hause bin, gleich geht die Welt unter. Nichts mache ich ihnen recht, immer haben sie etwas an mir auszusetzen. Das brauche ich mir doch wirklich nicht mehr gefallen zu lassen. Und meine Kleider sind auch immer verlegt, oder sie sind überhaupt nicht gewaschen, wenn ich sie haben will, und manchmal sind sie so zerknüllt, dass ich sie nicht mehr anziehen kann. Meine schöne Spitzenunterwäsche, und ich hatte sehr viel, ist beim Waschen kaputtgegangen. Jetzt habe ich fast überhaupt nichts mehr ...«

»Wenn du allein wohnst, musst du natürlich alles selber machen und noch einiges dazu.«

»Das weiß ich ja, aber draußen fällt einem alles nicht so schwer wie zu Hause, wo man damit rechnet, dass die Sachen in Ordnung gebracht werden. Das Angenehme ist nur, dass ich zu Hause essen kann, soviel ich will. Ich bezahle achtzig Mark, damit kann ich natürlich allein nicht auskommen ...«

»Du kommst noch nicht einmal mit einhundertzwanzig Mark aus!«

Grete bekommt in der Eisenverwertungs-G.m.b.H. dasselbe wie Erna, hundertunddreißig Mark brutto, aber ihr Freund, der Herr Einsiedel, würde ihr eine eigene Wohnung bezahlen, sie müsste sich dann nur ihr Essen selber kaufen ...

»Ich kenne deinen Herrn Einsiedel nicht.«

»Weißt du, er ist Prokurist in der Danatbank. Nein, nein, nicht etwa verheiratet, er liebt mich wirklich. Ich habe ihn ganz gern. Er ist ein bisschen über vierzig, aber das schadet nichts, er sieht noch sehr stattlich aus, und mit den jungen Flapsen gehe ich sowieso nicht, das macht mir keinen Spaß. Wir kennen uns schon mindestens ein halbes Jahr, jeden Abend treffen wir uns, also eine solide Sache. Ich habe auch noch niemand davon erzählt, du bist die erste …«

Erna weiß genau, was davon wahr ist und was nicht. Zum mindesten kennen Elsbeth und Erika den Herrn Einsiedel auch.

»… mal gehen wir in die Scala oder in den Wintergarten, auch im Schauspielhaus und im Deutschen Theater sind wir schon gewesen und oft auch im Kino. Er kennt alle guten Kabarette und kann fabelhaft tanzen. Also, das traut man ihm nicht zu, aber es ist wirklich wahr! Er ist lustig und nett, du müsstest mal mitgehen. Er behandelt mich immer sehr höflich und zuvorkommend, und wenn du wüsstest, wie besorgt der um mich ist, da würdest du dich schieflachen. Ich habe ihn an der Strippe, bestimmt! Und dann: Er ist wirklich anständig! Also, da kann ich schon gar nichts sagen. Weißt du, wenn meine Eltern nicht so verdammt misstrauisch wären, würde ich ihn mal mit nach Hause schleppen. Er verdient viel, da kann er mir schon eine Wohnung bezahlen. Ich habe mir die Sache von allen Seiten betrachtet. Zu meinen Eltern sage ich einfach, ich hätte eine Gehaltserhöhung bekommen. Pass mal auf, Erna, wollen wir mal ausrechnen, jetzt bin ich siebzehn …«

Ja, Grete Theier ist noch anderthalb Jahre jünger als Erna, sie sieht aber älter aus. Allerdings, wenn man nur ihr Puppengesicht sehen kann, die runden nichtssagenden Porzellanaugen, die angedrehten Locken, das kleine Näschen, die beiden Grübchen in den sanft überhauchten Bäckchen, alles nur in der Verkleinerungsform anzutreffen, dann möchte man sie auf den Arm nehmen und hin und her wiegen. Sobald sie aber aus dem Zimmer heraus ist und ihre Straßenkleidung angezogen hat, ist aus ihr eine unnahbare große Dame geworden. Immer trägt sie einen mächtigen Pelz, dazu einen feschen schwarzen Hut mit halbem Gesichtsschleier. Sie trippelt mit kleinen Schritten in engen winzigen Schuhen über die Straße. Die Männer betrachten sie aufmerksam. Junge Leute sehen ihr sehnsuchtsvoll nach, ohne eine Ahnung von ihrer unterbezahlten Stenotypistinnenexistenz in der Eisenverwertungs-G. m. b. H. zu haben. Sie sieht so teuer und zerbrechlich aus, dass selbst Erna, die ruhige, unbeirrbare Erna das komische Verlangen verspürt, dieses Mädchen einmal in den Arm zu nehmen und ihr einen Kuss zu geben. Besonders gefällt ihr, dass Grete eigentlich gar nicht hochmütig ist. Die Kleine weiß durchaus, was sie wert ist, sie zieht sich elegant an, weil sie bewundert wird und Herr Einsiedel diese schönen teuren Dinge bezahlt.

An diesem späten Nachmittag nun, an Ernas Schreibmaschinentisch, erzählt Grete Theier einfach und klar ihre kleinen Angelegenheiten, ohne unnötig aufzutrumpfen. Sie will von Erna einen glatten runden Rat oder vielleicht auch nur die Bestätigung für einen Entschluss, den sie noch nicht durchzuführen wagt. Sie liebt Erna. Erna bespricht alles ernsthaft mit ihr und klatscht nicht weiter …

Als Grete die Vorzüge des Herrn Einsiedel schildert, beschreibt ihr rechter Arm ein paar Bogen in der Luft und landet schließlich zärtlich auf Ernas Schultern. Erna schielt mit verwunderten Augen darauf. Aber es tut ihr gut.

Dann kommt Lortzing herein, die Mädchen müssen schneller schreiben, es liegen noch viele Sachen zurück.

Am Abend stehen junge Männer auf der gegenüberliegenden Seite der Prenzlauer Allee und warten. Auch ein Auto steht mal da, vielmehr zwei, ein richtiges und ein falsches. Das falsche ist ein Lieferwagen, dessen Soziussitz gerade von einem Jungen in Manchesterhosen zurechtgeruckelt wird. Die Mädchen wissen schon, wer sich daraufsetzen wird.

Der Junge dreht sich um, er hat jemanden rufen hören, Otti läuft ihm in die Arme und schüttelt ihm die Hände. Sie steigen auf, Otti mit einem kurzen, eleganten Schwung, und knatternd geht die Karre los.

Erna sieht ihnen nach, mit gemischten Gefühlen. Diese Ottilie kommt nicht so schnell aus ihrem Gehäuse wie die anderen Mädchen, sie macht ihre Arbeit still und allein und kümmert sich wenig um die Angelegenheiten ihrer Kolleginnen. Abends steigt sie hinten auf den Lieferwagen, kümmert sich einen Dreck um die Leute und gondelt mit ihrem Freund ab. Sie wollen nächstens heiraten.

Sogar Herr Kries, jovial und ein wenig komisch wie immer, ist heute erschienen, und Lieselotte fühlt sich gedrängt, ihn stürmisch auf der Straße mit einem Kuss zu begrüßen.

Fritz Drehkopf aber ist nirgends zu sehen, er hatte doch heute Morgen versprochen, Erna abzuholen. Und Erna hatte sich schon so darauf gefreut, was die Mädchen aus dem Büro wohl für Augen machen würden, wenn sie ihre Erna Halbe mit einem netten jungen Mann zusammen sehen würden.

Sie läuft ein Stück auf und ab und wartet.

Erst als alle Mädchen verschwunden sind und im Vorderhaus, dessen Personal eine andere Arbeitszeit hat, Schluss gemacht wird, sieht sie ihn langsam näherkommen. Komisch, er kommt von der anderen Seite, dort liegt doch gar nicht sein Betrieb.

Ungeduldig läuft ihm Erna entgegen.

Er hat sich fein gemacht, erstaunt betrachtet sie den frisch gebügelten blauen Abendanzug mit der grell gepunkteten Krawatte. Außerdem trägt er einen weichen Hut. Eigentlich ist alles ein bisschen zu fein für den Monteur Fritz Drehkopf.

Erna sieht ihn fragend an. Sein gutmütiges Jungensgesicht ist sichtlich von einer Wolke des Unmutes überschattet.

»Rausgeschmissen«, sagt er.

Erna erschrickt.

»Wenn du wüsstest, was ich für Wut habe ... Na komm, du kannst ja nischt dafür. Der Alte konnte mich ja nie leiden, weil ich ihm immer die Wahrheit sagte, wenn er etwas verpfuschte. Er hat nämlich keine Ahnung und bildet sich was auf seinen Dr.-Ing. ein. Kriegen wir heute Morgen einen schönen Wagen rein, läuft nicht. Na, sehen mal nach, Magnet verschoben. Fängt der an, mit den Zündkerzen rumzumurksen. Lassen Se das, sage ich. Klopft der mir doch mit einem Schraubenrohr auf die Finger. Habe ich ihm eine geklebt. Er hat fünf Minuten nach Luft geschnappt. Der Spaß hat sich schon dadurch bezahlt gemacht. Na, fristlos entlassen. Gehe ich ins Büro, will mein Geld holen. Habe doch noch sechs Tage zu kriegen. Wollen die mir mein Geld und meine Papiere nicht geben. Weißt du, dass ich rausgeflogen bin, das ist nicht weiter schlimm, ich kriege schon wieder eine Stellung. Sonst müssen wir eben mal eine Woche stempeln. Aber dass die mein Geld und meine Papiere unterschlagen wollen, was mir rechtmäßig zusteht, das wird denen noch teuer zu stehen kommen. Morgen früh hole ich mir zuerst mal das Geld. Darauf kannst du dich verlassen ...«

Sie gehen durch die Lothringer Straße nach der Invalidenstraße hinüber, ganz ziellos. Erna hat sich bei Fritz eingehängt, sie schlendern eng nebeneinander, sie sagt gar nichts, und er vergisst langsam seine Wut. Er sagt sogar begütigend: »Hast wohl lange warten müssen, was? Konnte nicht eher, nu kam der Dreck dazwischen, und ich musste mich umziehen. Verlass dich drauf, ich bin immer pünktlich, Kleines!«

Der Abend zieht warm über die arbeitende Stadt, die noch lange nicht zur Ruhe kommen wird. Aus einem Radiogeschäft ertönt Musik. Eine wundervolle weibliche Stimme singt »Dass noch einmal sie erschiene ...« aus dem »Trobadour«. Viele andächtige Menschen hören zu. Außerdem warten sie auf die Straßenbahn, vor dem Radioladen befindet sich gerade eine Haltestelle. Ein Stück weiter kommt ein Schnellautomat.

Mit dem semmelblonden Mädchen, das warme Würstchen verkauft, hat Fritz Drehkopf einmal eine kleine Sache gehabt. Sie war aber zu schnippisch und wollte zu hoch hinaus. Übrigens haben sie sich in aller Freundschaft getrennt. Fritz erinnert sich noch an ihre glänzend polierten Fingernägel und an die grelle Stimme des Mädchens. Er geht schnell an dem Expressrestaurant vorüber, ohne hinzusehen. Erna hängt fest an seinem Arm, sie schiebt ihre rechte Hand in die seine, die Hand fühlt sich warm und weich an, ihr Druck sagt: Ich lasse dich nicht mehr los.

Sie sprechen eigentlich nicht viel, Fritz sieht zu der Kleinen hinunter, die so nett und anmutig und jung neben ihm geht. Er findet, dass er noch nie ein so hübsches Mädel gehabt hat, und das verschafft ihm wieder gute Laune.

Sie kommen bis zum Lehrter Bahnhof, da bleibt Fritz plötzlich stehen und zieht sie in eine Haustür. Er guckt sie groß an und nimmt seine Brieftasche heraus und eine kleine Geldtasche aus grünem Stoff und zählt sein Geld.

»Pass auf!«, sagt er, »jetzt sehen wir uns das Schönste von Berlin an!«

»Nanu?«

Er fasst sie an den Händen, sie gehen hinüber zum Bahnhof und fahren mit der Stadtbahn in den Lunapark.

Neu eröffnet! Alles riecht noch ein bisschen nach Renovierung und Vorsicht frisch gestrichen! Die Luft aber ist gerade richtig für Berlin, die Leute strömen in Massen herein. Bunte Lampions hängen da, die werden wohl bei Dunkelheit angezündet. Erna freut sich, das soll ein lustiger Abend werden! Sie will nichts Besonderes, ihr Freund soll kein Geld ausgeben, er hat doch auch nicht viel. Sie will nur neben ihm hergehen, durch den warmen Frühlingsabend, vorbei an den fröhlichen Menschen, sich lösen von dem Traurigen und Quälenden. Glücklich, glücklich, sehr glücklich will sie sein …

Aber Fritz macht ein ernstes Gesicht. Nein, er weiß, was

sich gehört. Er will seinem Mädchen den Lunapark zeigen, und er wird natürlich für sie bezahlen. Er muss die Widerstrebende auf das Kettenkarussell ziehen, oben klammert sie sich verzweifelt fest. Sie fürchtet sich vor dem kitzelnden Gefühl in der Magengegend. Und dann geht es los ... Fritz hält ihre Kette in der Faust und stößt Erna während der Fahrt weit hinaus. Unter ihr kreisen die Menschen vorbei und über ihr der Himmel, eins schneidet in das andere über, die Farben quirlen durcheinander, sie muss brüllen vor Lachen. Fritz fängt sie immer wieder und stößt sie weit hinaus. Dann fahren sie noch mit der Berg- und Talbahn, kreischen auf der Shimmy-Treppe, rutschen im Eisernen Meer herum, sehen sich eine Varietébühne an mit Kleinwüchsigen und einem unheimlich schönen Luftakt, sie schießen und würfeln, und Erna gewinnt ein Stück Aal, den sie sofort verspeist. Für die Tanzpavillons langt dann ihr Geld nicht mehr, aber das ist auch nicht nötig. Sie tanzen draußen zu der gedämpften Musik, die aus den teuren Gaststätten und Lokalen summt, sie tanzen eng aneinander durch die schummrige Nacht. Sie spüren ihre Herzen und ihre Arme und ihre Schenkel und ihre Beine. Lustig, fröhlich, glücklich ziehen sie durch die Lunaparkstraßen, knabbern Schokolade, küssen sich ab und denken übrigens nicht daran, dass Fritz seine letzten acht Mark verpulvert hat. Warum sollen sie auch daran denken?

Erna hält sich im Nacken ihres Freundes fest, er ist ein bisschen groß für sie, aber sie ist glücklich. Spätnachts erst fahren sie nach Hause.

»Komm mit zu mir!«, sagt Erna und zieht sein Gesicht an ihren Mund.

In der Stadtbahn erzählt sie ihm die Geschichte mit Trude und mit Lortzing und was im Geschäft vor sich geht. Er hört ernst und aufmerksam zu.

»Hör mal«, meint er, »das ist eine schwierige Sache. Die lassen sich das bestimmt nicht gefallen. Ihr dürft natürlich keinen Schritt zurückweichen. Die Angestellten sind ja im allgemeinen jämmerliche Scheißkerle, aber was nicht ist, kann ja noch werden. Kennst du denn den anderen Chef, wie heißt er gleich?«

»Lortzing?«

»Nee, ich meine den anderen.«

»Siodmak heißt der. Erika Tümmler ist seine Freundin.«

»Kennst du ihn näher?«

»Wir sehen ihn fast nie. Am ersten Tag habe ich mich bei ihm vorstellen müssen, da war er sehr nett. Aber mehr weiß ich nicht.«

»Lasst euch nur nicht einseifen. Wenn was Neues vorfällt, musst du es mir sofort erzählen. Ich sage dir dann, was du machen musst. Ist eigentlich jemand von euch gewerkschaftlich organisiert?«

Das weiß Erna nicht, sie gehörte früher dem Zentralverband der Angestellten an, ist dann aber ausgetreten.

»Das ist schade«, sagt Fritz nachdenklich, »glaubst du denn, dass die Mädchen eventuell, ich meine, wenn bei euch jemand rausgeschmissen wird oder wenn das Gehalt reduziert wird, dass sie dann was machen würden? … Na, Widerstand leisten und so …«

»Ja«, meint Erna, »so was kann man immer schwer vorhersagen, und sehr genau kenne ich die Mädchen doch auch noch nicht. Sie sind ehrgeizig und wollen viel Geld verdienen, na, das wollen wir schließlich auch, aber sie halten sich für was Besseres wie die Arbeiter. Alle nicht, die Otti ist anders und vielleicht noch ein paar. Aber ob sie was unternehmen werden, wenn die Chefs gegen sie vorgehen, das glaube ich nicht. Da haben sie keinen Mut dazu und keinen Stolz und … na, ich weiß nicht, wie man da sagt …«

»Kein Klassenbewusstsein«, sagt Fritz.

»Ja, das fehlt ihnen. Weißt du, ich glaube, in letzter Zeit ändern sie sich ein bisschen. Wenn sie nämlich sehen, dass es noch andere Dinge gibt als schöne Kleider und reiche Kavaliere und so. Ja, ich weiß nicht, ich glaube, ich könnte schon was mit ihnen machen …«

Die Stadtbahn fährt holpernd durch die Nacht, von Station zu Station. Die beiden jungen Leute sitzen eng nebeneinander. Seine großen rissigen Monteurpfoten liegen in ihrem Schoß, sie streichelt sanft darüber hin.

Am nächsten Morgen klopft der Regen auf die Fenstersimse. Sie ziehen sich an. Erna muss an Frau Matschek denken, die darf natürlich nichts von Fritz zu sehen bekommen.

»Am besten, wenn du gleich hinausschlüpfst, ehe sie den Kaffee bringt.«

Ja Kuchen, als sie vorsichtig die Tür aufmachen, steht Frau Matschek böse und giftig, mit eingezogenem Kopf im Gang. Sie hat anscheinend schon längere Zeit da gewartet und gelauscht.

Erna stammelt: »Guten Morgen!«

»Wollen Sie bitte gleich die Wohnung räumen, solche Mieter brauche ich nicht.« Und in ihrem zerschlissenen beschmutzten Hausrock rauscht sie hinter, ehe die beiden, die verdutzt dastehen, etwas sagen können. Fritz Drehkopf fasst sich zuerst.

»Olle Schachtel!«, ruft er ihr nach.

Hinten knallt die Tür zu.

Die beiden Menschenkinder sehen sich an. In Ernas Magen sitzt noch der Schreck. Die magere Matschek sah ganz aufgedunsen und blutleer aus, wie sie da im Gang lauerte.

Aber Fritz packt sein Mädel an den Schultern und wirbelt sie im Gang herum und lacht dazu, dass die Wohnung dröhnt.

»Mensch, bist du nicht froh, aus der Bude rauszukommen?«

Sie nickt verständnislos.

»Also pass auf!«, sagt er laut und drohend. Seine Stimme

ist sicher in der ganzen Wohnung zu hören. Wenn jemand an der Küchentür hinten horchen sollte, würde er jedes Wort verstehen können.

»Du hast doch für einen ganzen Monat bezahlt?«, brüllt er.

Erna nickt, Fritz ist doch ein gescheiter Kerl. Gut, dass sie ihn hat.

»Die Olle kann dich gar nicht raushauen, die muss dir ordnungsgemäß kündigen.«

Die Wohnung dröhnt noch immer.

»Wir werden aber ausnahmsweise schon heute Abend, verstehst du!«, brüllt er laut, »schon heute Abend diese edle Jungfrau verlassen, falls der Rest der Miete fein säuberlich hier auf dem Tisch liegt.«

Im Vorsaal steht ein kleiner Gartentisch.

Erna sieht verwundert auf den Tisch und fragt schüchtern: »Warum?«

»Weil«, er lacht laut auf, »wir dein Zimmer abschließen.«

Das tun sie auch.

Mit viel Krach und Lärm ziehen sie ab.

»Uff«, sagt Fritz in einer bedeutend sanfteren Tonart auf der Treppe, »jetzt sind wir so ziemlich beide heimatlos! Haben wir ein Pech mit den Wirtinnen. Na, zuerst kannst du natürlich bei mir bleiben, dann werden wir was Richtiges suchen.«

Schattenverwischt gleiten Fahrzeuge und Menschen durch den Regenschleier. Fritz schafft seine Freundin ins Büro, er hat ja Zeit. Wie gute Kameraden gehen sie nebeneinander her, im gleichen Schritt. Sie verabreden, sich am Abend eine halbe Stunde vor sieben Uhr bei Aschinger am Alexanderplatz zu treffen.

Im Haus ist alles still.

Lotte Weißbach steht an der Tür des Schreibzimmers. »Komm mal rein.«

Na, was wird denn nun schon wieder passiert sein?

Lotte zeigt auf Trude Leußners Tisch, ein Brief liegt da, ein blauer Geschäftsbrief.

Ringsum sitzen die Mädchen auf ihren Plätzen und sehen Erna an. Es sind noch nicht alle da. Auch Trude fehlt noch.

Erna hebt den Brief hoch; ein blauer Geschäftsbrief mit Firmenaufdruck: Eisenverwertungs-G. m. b. H. Mit Schreibmaschine: An Frl. Gertrud Leußner, hier.

Erwartungsvoll sehen die Mädchen Erna Halbe an. Die zieht zuerst mal ihren Mantel aus.

Unterdessen erscheint Elsbeth Siewertz, die ebenfalls auf die Neuigkeit aufmerksam gemacht wird.

Hm, sie versucht mit dem Daumennagel die zugeklebte Seite aufzuritzen.

»Das ist die Entlassung.«

Natürlich, dazu braucht die Elsbeth nicht zu kommen, das wissen die anderen auch.

»Lasst mal«, sagt Erna, »wisst ihr, wo Trude ist?«

Nein, woher sollen die Mädchen das wissen?

Nun und wer weiß denn, ob der Brief wirklich die Kündigung enthält?

Also abwarten, bis Trude kommt.

Acht Uhr.

Die Mädchen beginnen zu schreiben.

Der Brief liegt blau, einsam und gefährlich auf dem leeren Tisch. Trude kommt nicht.

»Ja«, fängt Erna an, »wahrscheinlich hat Elsbeth recht. Und wenn das nun wirklich die Kündigung ist, was wollt ihr dann machen?«

Die Mädchen sind verdutzt, Erna spricht so ruhig und ernst, die kann das ja gar nicht spaßig meinen. Haben sie sich nicht versprochen, füreinander einzustehen? Wollen sie nicht dem Lortzing und dem Siodmak zeigen, dass sie es durchaus nicht nötig haben, in der Eisenverwertungs-G. m. b. H. zu tippen?

»Doch, das ist es eben, ihr habt es durchaus nötig, ihr seid auf die Groschen angewiesen, die ihr hier bekommt.«

»Und deswegen sollen wir zusehen, wie Trude rausgeschmissen wird!«, ruft Elsbeth wütend.

Die Mädchen sind entsetzt, sie wollen dem Lortzing eins auswischen, und nun springt gerade Erna ab …

»Nein, ich will euch bloß sagen, dass wir den Kampf nicht führen können, wie ihr euch das denkt. Wir müssen die Geschichte so anfangen, dass sie uns nicht rausschmeißen können. Also Elsbeth, lass mich erst mal ausreden. Wir werden das einzig mögliche Mittel benutzen, das uns zur Verfügung steht: Wir werden die Arbeit verweigern …«

Die Mädchen schreien und klatschen. Ja, sie werden streiken und die Bude hier kaputtmachen, Eva hat schon die Type F an ihrer Maschine schief geschlagen …

»Aber ihr stellt euch das alles zu einfach vor. Zuerst dürft ihr mal gar keinen Anlass zur Beschwerde geben. Ihr müsst eure Arbeit richtig und ordentlich weitermachen. Ja, ihr wisst doch gar nicht, was in dem Brief steht. Wenn Trude aber wirklich rausgeschmissen werden soll, schön, dann werden wir eben kämpfen, und dann muss jede von euch wissen, dass man durchhalten muss und nicht schlappmachen darf. Wer von euch ist gewerkschaftlich organisiert?«

Die Mädchen sehen sich verwundert an, warum denn das?

»Also keine«, stellt Erna fest.

Da meldet sich eine hohe quakende Stimme, die Annemie Bergmann, eine von den kleinen Flappers wie Vera Kränkel und Grete Theier, sie sei im D. H. V.

Was denn das sei?

Sie hätte zu Hause die Mitgliedskarte.

»Na also. Wenigstens etwas. Bringe die Karte mal mit.«

»Aber ich habe doch schon sooo lange keine Beiträge bezahlt.«

»Bringe die Karte ruhig mal mit.«

Auf einmal fällt auch der Elfriede Hummel etwas ein. Ihre Schwester Martha sei im Zentralverband der Angestellten. Natürlich, ausgerechnet Martha, die nicht da ist.

»Hallo!«, ruft Elsbeth.

In der Tür steht Trude. Sie sieht noch blasser aus als sonst.

»Ich habe wieder furchtbare Schmerzen«, sagt sie entschuldigend.

Sie zieht sich aus.

Warum sind die Mädchen so ruhig, warum schreibt keine, warum sehen alle zu ihr herüber?

Sie dreht sich um, Erna zeigt auf den Brief.

Trude zieht den Mund böse zusammen, sie geht schnell an ihren Tisch, reißt den Umschlag auf und liest, sie weiß Bescheid. Kündigung zum nächsten Ersten. Wegen Arbeitsmangel.

»Ach, das ist ja neu«, meint Erna, »wegen Arbeitsmangel!«

Trude nimmt die Nachricht erstaunlich gleichgültig auf, anscheinend hat sie damit gerechnet; ihre Schmerzen machen ihr viel mehr zu schaffen.

Die Mädchen kommen an ihren Tisch, eine nach der anderen, und sagen was.

Die werden dich nicht rausschmeißen, wir halten zusammen und wir helfen dir und so. Trude muss lächeln, das ist wohl Ernas Werk.

»Hat denn jemand Siodmak gesehen? Oder Lortzing? Nee?«

Auch Erika Tümmler hat anscheinend von der Kündigung Trude Leußners keine Ahnung, meistens geht sie morgens immer gleich in ihr Zimmer, und heute ist sie noch nicht herübergekommen.

»Die Erika? Verlasst euch nicht auf die! Die lässt euch bestimmt im Stich, die hat sicher den Entlassungsbrief tippen müssen.«

»Woher weißt du das?« Erna sieht wütend zu Elfriede Hummel hinüber. »Du kennst ja Erika gar nicht.«

»Länger als du noch jedes Mal.«

Dagegen ist nichts zu sagen.

Aber …

Erika Tümmler bringt Arbeiten herein, die abgetippt werden müssen.

Erna erzählt ihr die Geschichte mit Trude.

Erika weiß von nichts.

»Pass mal auf, Erika, wir haben schon darüber gesprochen, wir müssen einfach die Rücknahme der Kündigung erzwingen.«

»Ich mache mit«, sagt Erika einfach.

Ho, Erika macht mit? Die Mädchen sehen sich erstaunt an. Nun wird die Sache also ernst. Für einen Augenblick steigt all das in ihnen hoch, was sie an Bitterem hier erlebt haben, Anschnauzer, Strafen, Nacharbeiten, Lohnabzüge, Unfreundlichkeiten, Schikanen, Beleidigungen. Natürlich, ihre Empfindungen und Gefühle sind nach Temperament und Mut und Klarheit verschieden, einige haben Rückgrat, einige sind nur mitgerissen, und in der Mitte steht dieses kleine Mädel, die an einer wackligen Orga Privat schreibt.

Sie wählen auf Ernas Vorschlag einstimmig einen Aktionsausschuss. Erika, Erna, Lotte Weißbach und Elsbeth.

Trude Leußner wird nicht vorgeschlagen, sie sitzt apathisch hinter ihrer Maschine.

Der Aktionsausschuss soll einen Plan ausarbeiten. Heute Mittag.

Plötzlich sackt Trude Leußner wieder zusammen, aber diesmal hat sie's schlimmer gepackt. Ohne einen Laut rutscht sie unter den Tisch, ihr Gesicht verzerrt, die weißen Zähne schimmernd zwischen offenen Lippen.

Otti kauert mit vorgewölbten Knien neben der Zusammengesunkenen und sieht Erna mit einem entschlossenen Blick an.

»Ohnmächtig«, sagt sie.

Ja, jetzt muss Erna handeln. Schräg dem Büro gegenüber wohnt ein Arzt, der soll sofort herüberkommen.

Lieselotte Kries saust los und kommt auch bald mit einem jüngeren gleichgültigen Herrn wieder, der Trude kurz ansieht und dann bloß »Krankenhaus« sagt.

Eine Viertelstunde später sitzen nur noch neun Mädchen im Schreibzimmer.

Unsichtbar verwandelt sich nun das Büro in ein Kampfgebiet. Trudes Abtransport, dem die Mädchen übrigens keine besonders besorgniserregende Bedeutung beimessen, bringt viel Unruhe und Spannung.

Der Regen verstummt, nur einzelne schwere Tropfen klatschen noch auf die duftende dampfende Erde. Die Eisenverwertungs-G.m.b.H. ahnt nicht, welcher Sturm sich in ihrem Hause vorbereitet. Neun Mädchen im Schreibzimmer und zwei Mädchen in den Sekretariaten schreiben heftig und rastlos auf ihren Maschinen, Freitag steht auf dem Kalenderblatt, ein regnerischer Maitag, in früher Stunde.

Erna hat vor Freude heiße Wangen bekommen. Wenn sie über die Mädchen hinwegsieht, die, ohne aufzublicken, das Arbeitspensum erledigen, gibt es ihr einen Ruck. Sie ist stolz, stolz auf die Mädchen und stolz auf sich. Schnell vergehen ihr die Stunden.

Der Mittagstisch am Alexanderplatz wird zum Hauptquartier. Die Mädchen aus der Eisenverwertungs-G.m.b.H. setzen sich nicht wie sonst in die Mitte des Gastzimmers, allen sichtbar.

Nein, heute brauchen sie einen stilleren Platz. Erna geht zum Sofa, das grün und verschlissen hinten in der Ecke steht, am Gang, der zur Toilette führt.

Da sitzen die vier ungestört, und Erna spricht. Sie sagt, wir müssen ein Ultimatum stellen, das muss so klar sein, dass gar keine Verhandlungen darüber zulässig sind. Sie sagt, wir dürfen nicht nur die Rücknahme von Trudes Kündigung fordern, das ist nur ein halber Schritt. Wir müssen gleich vorstoßen. Ihr werdet, mit Ausnahme von Erika, alle unterbezahlt, alle untertariflich. Wir verlangen tarifliche Entlohnung. Und wenn dieses Ultimatum nicht erfüllt wird, dann kommt nicht der Streik, sondern etwas anderes, ich weiß nicht, wie das heißt, Erika hat es mir gesagt, ich kann das nicht behalten …

»Passive Resistenz«, sagt Erika.

»… ja, also das ist nämlich ein Unterschied, wir können nicht einfach einen Streik proklamieren und dann nach Hause gehen und uns schlafen legen. Lortzing ruft das Arbeitsamt an, und in der Eisenverwertungs-G. m. b. H. tippen dreizehn neue Mädchen. Nein, wir müssen im Büro sitzen bleiben, aber wir dürfen keine Arbeit anrühren. Wird zum Stenogramm geklingelt, bleiben wir sitzen, meldet sich bei Lotte das Telefon, wird nicht durchgestellt. Wir setzen die Hauben über die Maschinen und warten, unterdessen können sich die Herren ja überlegen, ob sie nachgeben wollen oder nicht …«

So ungefähr spricht Erna.

Ihre Arbeitskameradinnen hören aufmerksam zu, das alles ist neu für sie, tollkühn und waghalsig kommt ihnen das vor, was die Erna so ruhig und sicher erzählt, die Mädchen haben einen Schritt getan, sie können nicht mehr richtig zurück.

Erna würde entschlossen jeden Deserteur verächtlich machen.

Erika, Elsbeth und Lotte aus dem Vollzugsausschuss stimmen diesem Plan zu. Werden aber alle Mädchen durchhalten? Diese Frage steht schon über dem Kampf, der noch im Entstehen ist.

Erika und Elsbeth fahren nach Hause, als die Besprechung zu Ende ist, Erna und Lotte trinken noch eine Flasche Wasser zusammen. Die rothaarige Hilde sitzt wieder an einem Nebentisch, sie grüßt freundlich herüber.

Lotte denkt angestrengt über das Problem nach, wie einsam heute Nachmittag ihr Telefonapparat sein wird. Und sie denkt noch über etwas anderes nach …

»Du, meine Wirtin hat mir gekündigt«, erzählt Erna, »rausgeschmissen, ja. Weil Fritz bei mir geblieben ist … Nee, heute Morgen …«

»Ach?«

»Heute Nacht werde ich nun bei Fritz bleiben müssen.«

»Ach nee, willst du nicht zu uns ziehen?«

Erna dreht sich herum, sie strahlt über das ganze Gesicht.

»Zu euch? Zu dir und Martha Hummel?«

Aber Lotte fällt durchaus nicht aus allen Wolken, sie macht nur ein sorgenvolles Gesicht.

»Jaja, ich weiß schon, dass du es rausgekriegt hast. Und es ist ja wahrscheinlich auch besser so. Martha wollte auch, dass ich es dir sage. Aber ich bin in solchen Dingen vorsichtig. Welchem Klatschmaul kannst du denn schon trauen, he? Ich will dir mal was sagen, ich habe richtiges Herzklopfen. Da lacht die ooch noch! Ja, mir ist zumute, als hätte ich sonst was Schlimmes verbrochen. Weißt du, vielleicht ist das ganz gut, dass dich deine Alte rausgeschmissen hat. Du bringst heute Abend alle deine Sachen zu uns, dein Fritz kann dir ja helfen, und dann machen wir Kompanie. Du kennst meine Wirtin noch nicht, die ist mit allem einverstanden.«

Ja, Erna findet den Vorschlag gut.

»Was macht Marthas Kind?«

»Die Kleine muss immer oben sitzen, weil Martha sich nicht so oft auf der Straße sehen lassen will, das ist natürlich unangenehm. Aber vielleicht fährt sie in der nächsten Woche zu ihrer Tante nach Bayern, die haben da ein kleines Gut. Ich hatte natürlich schon lange mit ihr alles erwogen und vorbereitet, und was Martha sich einmal in den Kopf setzt, führt sie auch durch … Nein, ihr Mann scheint nicht besonders hinter ihr her zu sein. Außerdem ahnt ja kein Mensch, wie und wo. Nur Frau Pratt, das ist meine Wirtin, eine Perle, sage ich dir, die weiß Bescheid und hilft, wo sie kann.«

Lottes Backen glühen, der Kampf begeistert sie, ihr Freund

ist vergessen, sie telefoniert ihm jeden Tag ab, ihre zwanzig Jahre sind vergessen, beinahe vergisst sie ihr Herzklopfen, jetzt sieht sie ein Ziel, und hinter diesem taucht ein neues auf, darüber weht der Himmel, heute noch regenverhangen, morgen sonnenüberweht ... ein Ziel, ein gutes klares Ziel!

Der Kampf beginnt.

Erna schreibt fein säuberlich auf ihrer Orga Privat das Ultimatum. Die Mädchen stehen alle erwartungsvoll um ihren Tisch herum. Komisch, diese und jene hat sich mittags umgezogen. Feine Ausgehsachen haben sie an, komisch.

Auch Lotte und Erika bleiben im Tippzimmer, das ist so verabredet worden. Eine ungewohnte erwartungsvolle und feierliche Ruhe bedrückt alle.

Ruhe vor dem Sturm? Erna betrachtet die Mädchen. Ob wohl schon welche Angst haben?, überlegt sie.

Aber ehe die Mädchen noch dazu kommen, ihre Bedingungen zu Lortzing und Siodmak zu schicken, scheint die Sache hochzugehen. Denn Herr von Lortzing, wütend, krähend, ungehalten, erscheint im Tippzimmer. Die Mädchen stieben auf ihre Plätze, als sei hier nichts im Gange.

Nur Erika und Erna bleiben stehen.

Lortzing, durch dieses Bild völlig verwundert, weiß nicht, welche Frechheit und Nachlässigkeit er zuerst korrigieren soll.

»Fräulein Weißbach! Das Telefon klingelt sich tot, und Sie albern hier rum ...«

Lotte macht ein Schmollgesicht, aber ihr ist es bang ums Herz. Sie wagt nichts zu sagen, sie würde keinen Ton herausbringen, ihr Mut ist auf einmal verschwunden, völlig verschwunden. Bedrückt sieht sie zu Erna hinüber. Aber zu aller Verwunderung beginnt plötzlich Erika Tümmler zu sprechen, ausgerechnet die Erika! Wer hätte das gedacht!

Siodmaks Sekretärin dreht sich um, alle Mädchen und auch Lortzing sehen ihr unverändertes gleichmütiges Gesicht mit dem sanft geschwungenen Mund, der ausdrucksvollen

Nase darüber und den seltsamen Augen, die nie verraten, was in diesem Mädchen vor sich geht, was sie fühlt, denkt, wünscht ... Die Augen stehen ein wenig schräg und schimmern hellgrün, durchsichtig, klar, etwas Verlockendes liegt darin. Junge Männer haben sich diese Augen angesehen und dann geweint, weil sie von diesem Mädchen nicht bekommen konnten, was sie wünschten. Sie haben dumme Briefe geschrieben und dumme Dinge getan und Erika nie vergessen können. Erika aber muss viel vergessen.

Sie spricht scharf akzentuiert, sie hat sich, obwohl in Berlin geboren und sechsundzwanzig Jahre in dieser Stadt gelebt, jenes überdeutliche Hochdeutsch angewöhnt, das all die kleinen Mädchen lernen, die sich nach oben durchgebissen haben.

Lortzing atmet hastig, er keucht, ihm ist so etwas noch nicht passiert.

Aber die Mädchen erschrecken mehr über Erika als über Lortzing.

Erika Tümmler sagt zu ihm: »Herr von Lortzing, wir wollten Ihnen eben mitteilen, dass wir alle die Arbeit verweigern, bis die Kündigung Trude Leußners zurückgenommen ist. Sie wissen genau, warum Trude Leußner in letzter Zeit nicht mehr so arbeiten konnte wie früher, sie wissen aber vielleicht noch nicht, dass sie heute Morgen ins Krankenhaus geschafft worden ist. Hier sind unsere Bedingungen, sie sind klar und selbstverständlich. Gleichzeitig wünschen wir, tariflich entlohnt zu werden.«

Erna steht neben ihr, sie reicht dem kalkweißen Lortzing ruhig einen Durchschlag, auf dem das Ultimatum der Mädchen aufgezeichnet ist. So was hat Herr von Lortzing in seinem wahrlich ereignisreichen Leben noch nicht erlebt, er steht verdattert da, das Ultimatum in der rechten Hand. Was will denn diese Tümmler von ihm. Das sind ja Drohungen, das ist Erpressung!

Er glotzt eine Weile schweigend auf das Ultimatum, und da wagen die anderen Mädchen wieder aufzusehen, sie wollen ihre Wortführerinnen nicht beim ersten Vorstoß im Stich lassen, etwas regt sich in ihnen, etwas rührt sich, ein kleiner Stolz, sie gehören doch zusammen, nun darf keine zurück. Die Demütigungen, die sie Tag für Tag in diesem Betrieb einstecken müssen, kommen wieder in ihr Gedächtnis. Ihre zwölf Gesichter schimmern zu dem Chef hinüber, Gesichter, die wahrlich nicht kämpferischen Elan ausstrahlen, puderüberhauchte Gesichter, in denen rote Münder leuchten, Augen, die voll Gier glänzen, aber kaum voll jener Gier, die Männer manches Mal vor einem bitteren Kampf überkommt, sie haben lockende Frisuren in allen Farben, und in ihren Gesichtern ist Angst vor der eigenen Courage zu lesen.

Aber Herr von Lortzing bemerkt von dieser Angst nichts.

»Soso«, sagt er nur, »das wird Ihnen teuer zu stehen kommen!«, dann dreht er sich hastig um und stolpert hinaus, das Ultimatum immer noch in der Hand, eine einsame Schweißperle auf der Stirn. Erst draußen beginnt sich seine Wut auszutoben, er schimpft vor sich hin und geht mit großen Schritten in sein Zimmer. Immerhin, zu Siodmak rückt er noch nicht, er muss sich erst einmal einen bestimmten Punkt gründlich überlegen.

Erna aber nimmt an, dass Lortzing sofort zu seinem Vorgesetzten sausen wird, sie muss ihm möglichst zuvorkommen. Schnell verschwindet sie mit dem anderen Durchschlag im Gang. Nun sind die Worte gefallen, hier läuft eine klare Front, und der Gang ist dazwischen, sie hat keine Angst, nur ein heißes Gefühl verspürt sie, das durch ihren Körper rinnt, ein ausgeglichenes starkes mitreißendes Gefühl, wer weiß, was das ist. Diese zwölf oder dreizehn Berliner Mädel, die kennt sie erst eine Woche, aber sie sind schon in einer großen Sache drin, sie kämpfen zusammen, sie müssen siegen.

Vor Siodmaks Tür erwischt Erika sie.

»Ich werde Siodmak unsere Forderungen überreichen.«

Erna sieht ihre Freundin an. Sie sagt nichts, aber ihre Lippen stehen halb offen, sie ist nicht einverstanden.

Ja, nickt Erika. Sie öffnet Siodmaks Tür und verschwindet in dessen Zimmer.

Die feierliche Ruhe im Tippzimmer ist nun gestört, die schweigende Erwartung ist vorbei, alles spricht durcheinander. Sie sitzen nicht mehr auf ihren Stühlen, sie laufen herum, sie fragen, sie überlegen, was ist los? Was sollen wir tun? Wir haben etwas gewagt, nun können wir nicht mehr zurück ...

Das kann eine gute entschlossene Stimmung sein, das kann ein guter entschlossener Kampf werden. Erna sagt nichts. Sie spart sich ihre Kräfte, sie wartet ab. Einmal denkt sie an Trude Leußner.

Nebenbei und unbemerkt hat sie eben etwas gehört.

Als sie in das Schreibzimmer zurückkam, sagte gerade Lieselotte Kries zu Eva Hagedorn: »Wie meint Erika das mit der tariflichen Entlohnung? Sollen dann Elfriede und Grete und Annemie genauso viel bekommen wie ich?«

Eigentlich vergeht der Nachmittag erstaunlich ruhig. Siodmak hat Erika aus seinem Zimmer rausgeschmissen, wie sie erzählt, mehr hören sie von ihm nicht, sie hören nicht einmal, wie er über den Gang geht und Herrn von Lortzing zu sich herüberholt.

Die Posten, die an der Treppe und nach dem Vorderhaus zu ein bisschen aufpassen und horchen sollen, werden von Erna erst gegen Schluss der Bürozeit hinausgeschickt. Nicht, dass sie sich irgendetwas davon verspricht, sie will die Mädchen nur beschäftigen, denn sie merkt bald, dass die Schwungkraft erlahmt, die Angst vor der eigenen Kühnheit wieder höher steigt. So ein kleiner Patrouillendienst frischt auf, ermutigt.

Inzwischen erkundigt sich Herr Siodmak im Verlauf seines

eingehenden Gespräches mit Herrn von Lortzing nach der Rädelsführerin.

»So was kommt doch nicht aus der Luft! Die haben doch früher nicht aufgemuckt. Haben Sie sich die Mädels mal einzeln vorgeknöpft?«

Und weil Herr von Lortzing eine befriedigende klare und bestimmte Antwort geben muss, sagte er schnell: »Diese Neue, das kleine Ding an der Orga Privat ...«

Siodmak blättert in einem Buch.

»Die Halbe? ... Entlassen!«

Siodmak stellt selber die Verbindung mit dem Tippzimmer her, lässt Fräulein Tümmler an den Apparat rufen und teilt seiner Sekretärin mit, dass Fräulein Halbe entlassen sei und sofort das Haus zu verlassen habe. Im Übrigen wolle er noch einmal von jeder Bestrafung absehen, wenn die Damen sofort wieder an die Arbeit gehen, um durch verdoppelten Fleiß ...

Da sagt Fräulein Erika Tümmler, sechsundzwanzig Jahre und in einem roten Seidenkleid, schick, jung und undurchsichtig, mit heller Stimme ins Telefon: »Lesen Sie unser Ultimatum besser durch!«, und hängt ein.

Die Mädchen sehen Erika mit erwartungsvollen Gesichtern an.

»Siodmak kriegt schon Angst«, sagt sie, »die können ohne uns nichts anfangen.«

Ernas Entlassung verschweigt sie.

Dies ist der Stand des Kampfes am Nachmittag des ersten Tages.

Als Erika wie immer ihr »Sechs Uhr!« ins Tippzimmer schmettert, toben die Mädchen noch etwas benommen hinaus. Sie haben das Gefühl, als müsse jetzt der Spuk vorbei sein und morgen, regelmäßig wie immer, das Tippen wieder beginnen. Haben sie nicht irgendetwas vergessen? Ein schuldbewusstes Gefühl regt sich in ihnen. Ihre Augen flimmern nicht, ihre Gelenke schmerzen nicht, sie sind nicht an die Pause gewöhnt, sie sind nicht an den Kampf gewöhnt. Vielleicht sehen nur die vier Mädchen im Aktionsausschuss klar ein Stück des Wegs, aber bestimmt wissen Erna und Erika, worum es geht. Sichtbar leiten sie den Kampf, beraten gemeinsam, feuern an, hetzen auf. Die Mädchen holen bei ihnen Rat und Ermunterung. Die große Erika, die ihnen sonst immer kalt und abweisend und hochnäsig gegenüberstand, verändert sich auf eine merkwürdige Art. Sie haben beinahe etwas Angst vor ihrer kameradschaftlichen Haltung. Sie können sich den Umschwung nicht erklären.

Aber die Seele des Kampfes heißt Erna Halbe, sie ist ein kleines Mädchen und hat sicherlich nicht viel Kraft, sie schreibt an einer wackligen Orga Privat und trägt keine schönen Kleider, die Mädchen haben sie deswegen einmal ausgelacht, sie kommt auch aus der Provinz, aus einem kleinen Nest, niemand weiß recht woher, aber alle richten sich nach ihr.

Als die Mädchen gegangen sind, bleiben Erna und Erika noch eine Weile im Tippzimmer, denn Erika muss zuschließen. Sie haben beschlossen, dass alle Mädchen am nächsten Morgen wiederkommen sollen, pünktlich wie immer: Die passive Resistenz geht weiter.

»Glaubst du, dass wir durchhalten?«

»Können wir das Vorderhaus mobilmachen?«

Im Vorderhaus arbeiten noch viele Angestellte der Eisenverwertungs-G.m.b.H., vor allem männliche. Beide Abteilungen sind aber scharf getrennt, die Angestellten kennen sich nur von Gesicht zu Gesicht.

»Ich treffe heute Abend Fritz, der wird mit mir zum Zentralverband gehen oder in irgendeine Gewerkschaft, und die werden uns sagen, was wir tun sollen.«

»Hast du etwa Angst?«

Erna erzählt die Geschichte mit Lieselotte. Sie kennt dieses leichte lockere Geschöpf besser als alle anderen, sie weiß, welche Gefahr hier droht.

Erika lacht.

»Damit müssen wir rechnen. Wenn alles schiefgeht, dann werde ich eben nochmals mit Siodmak sprechen müssen. Er ist nämlich anders als Lortzing.«

»So?«

»Ja, du müsstest ihn erst mal privat kennenlernen. Da würdest du vielleicht staunen.«

Erna setzt sich auf einen Schreibtisch. Draußen wird es schon dunkel. Sie kann Erikas Gesicht nicht mehr genau erkennen.

»Fritz hat mir gesagt, das wären die Gefährlichsten.«

»Ja, Siodmak kann das, was Lortzing nicht kann: Geschäft und Privatleben ganz voneinander trennen. So einfach ist das aber nicht zu erklären.« Erika beginnt vor sich hin zu summen.

»Wie bist du denn mit ihm ausgekommen?« Erna schweigt einen Augenblick und setzt dann, als keine Antwort kommt, hinzu: »Ich meine privat.«

»Du hast bei ihm gar nicht das Gefühl, mit deinem Chef zusammen zu sein. Er ist angenehm und freundlich, und vom Geschäft spricht er nie. Deshalb schmust er im Büro auch nie mit den Mädchen herum. Ich glaube, er legt auf Frauen überhaupt nicht viel Wert. Seine Liebhaberei ist eine große Kunstsammlung. Alte Sachen, Möbel, Porzellane und solches Zeug. Seine Frau soll noch ziemlich jung sein, ich kenne sie nicht. Sie befindet sich immer auf Reisen. Von der Riviera in die Schweiz, von da nach Paris, aber nach Deutschland, schon gar nach Berlin kommt sie selten. Das ist so eine Übereinkunft zwischen den beiden. Jeder geht seine eigenen Wege.«

»Warum haben sie sich denn geheiratet?«

»Weiß nicht.«

Im Haus ist alles still. Erna hat ihre Hände über den

zusammengepressten Knien gefaltet. Sie schaukelt mit den Beinen hin und her.

»Wenn das so ein feiner Mann ist, dann verstehe ich gar nicht, warum er uns so schofel behandelt.«

Erika lacht. »Ich habe dir ja gesagt, das kann der fein säuberlich trennen. Wir sind eine Büroangelegenheit, wir werden entlohnt. Darüber muss er wahrscheinlich bei irgendwelchen übergeordneten Stellen wieder Rechenschaft ablegen. Ein tieferes Interesse an uns hat er nicht.«

»Mit Ausnahme von Erika Tümmler.«

»Du täuschst dich, liebe Erna.«

Wieder wird alles still. Komisch ist das in so einem leeren unbewohnten Haus, wo man den eigenen Atem hört und sonst nichts. Erna möchte von etwas anderem sprechen, sie bereut schon wieder ihren Einwurf. Aber Erikas Gesicht ist von der Dunkelheit völlig eingehüllt.

»Du, ich muss dir noch was sagen. Die Mädchen haben keine Ahnung, wie krank Trude wirklich ist! Ich habe ein bisschen Angst, wir müssten sie eigentlich besuchen ...«

»Ja, ich fahre heute Abend noch raus. Überlege dir nur alles mit deinem Fritz, und behalte den Kopf oben.«

»Ich? Glaubst du wirklich, dass ausgerechnet mir was passieren kann? Erika ...«

Erna streckt schnell den rechten Arm aus und berührt die Schultern ihrer Freundin. Mit einem raschen Entschluss zieht sie das Mädchen zu sich herüber und hält sie fest in ihren Armen. Sie versucht ihr in die Augen zu sehen.

»Du bist mir doch nicht böse?«

»Du bist das liebste Mädchen, das ich kenne.«

Erna hebt ihre rechte Hand von Erikas Schulter, streift sanft über das Gesicht ihrer Freundin, über das Haar, verwuschelt es zärtlich, zaust darin und zieht den Kopf zu sich herüber, nahe, sehr nahe. Erika lacht leise, fasst die Kleine abwehrend mit beiden Händen unter dem Kinn, hebt Ernas

Gesicht nahe an das ihre und drückt einen derben kräftigen Kuss auf die Lippen der Freundin. Ein angenehmer intensiver Duft bleibt auf Ernas Gesicht zurück.

Als sie hinausgehen aus dem Tippzimmer, ist von den Chefs nichts zu sehen, hinter den Türen bleibt alles still. Die Schritte der Mädchen hallen laut in den Gängen wider. Auf einmal hämmert hinten in Lotte Weißbachs Telefonzentrale der Apparat los. Die beiden Mädchen sehen sich an. Der Gang schläft. Einsam und leer ist das Haus. Weinerlich hackt das Telefon noch einmal. Im Büro der Eisenverwertungs-G.m.b.H., Berlin, Prenzlauer Allee, im Zentrum der Stadt, wird gekämpft. Das Telefon erstirbt.

Erika schließt die Außentür zu.

Aschinger, Alexanderplatz.

Erna ist gerannt, um noch zur rechten Zeit zu kommen. In dieser Abendstunde ist Hochbetrieb. Leute aus den Büros und Geschäften, aus Warenhäusern und Werkstätten, Vertreter, Taxichauffeure, Beamte, Polizisten, junge Mädchen und Kleinbürgerfrauen, Leute, die abends in der Stadt bleiben, verzehren einen kleinen Imbiss. Erna muss vorsichtig dem bedienenden Personal ausweichen, denn sie hat kein Geld. Sie kann sich nicht einmal ein Würstchen kaufen. Und heute Abend, am Ende eines aufregenden Tages, verspürt sie wirklich Hunger. Das bisschen schmale Gasthausessen hilft natürlich nicht über einen vollen Tag hinweg. Zwanzig Jahre und kein Frühstück und kein Abendbrot, das ist vielleicht zu wenig. Gerade heute wünscht sie sich etwas Gutes, Warmes, Nahrhaftes. Fritz wird sicher noch ein wenig Geld haben oder zu Hause Brot und Aufschnitt. Ja, Fritz wird ihr sicher etwas zu essen geben. Vielleicht bestellt er ein Paar warme Würstchen. Sie werden sich an eins der Marmortischchen stellen und ganz langsam essen. Sie haben Zeit, sie brauchen sich nicht zu beeilen. Wie schön wird das werden, alle werden sehen, dass wir zusammengehören, und ich will den ganzen

Abend ein fröhliches Gesicht machen. Wo bleibt er nur, es ist schon Viertel vor sieben. Er kommt immer zu spät.

Ein dicker Mann neben ihr verzehrt schmatzend ein Paar Würstchen. Er sieht starr geradeaus, ab und zu schiebt er die senfbetupfte Wurst in seinen Schnurrbart, der fetttriefend schwappert. Erna muss diesem unangenehmen Mann ins Gesicht sehen, auf den unsichtbaren Mund, der die Wurst unaufhörlich hinunterschiebt, knaxend, schmatzend. Dumme Gedanken gehen ihr durch den Kopf, sie überlegt sich, ob sie den Mann wohl heiraten könnte. Der Mann holt sich eine neue Portion, das dritte oder vierte Paar, und stellt sich wieder neben Erna. Da muss sie raus. Das kann sie nicht mehr mitansehen. Sie läuft ein paarmal vor Aschinger auf und ab, sie friert plötzlich. Gegen sieben Uhr geht sie wieder hinein. Fritz kommt nicht. Zuerst ist sie natürlich böse, nach und nach wird aber die Sache unheimlich. Warum lässt er sie so lange warten? Sie haben sich doch hier verabredet! Auf dem Alexanderplatz gibt es doch kein anderes Lokal von Aschinger. Wo bleibt er aber? Vielleicht ist etwas dazwischengekommen?

Der düstere Tag hat sich schnell im Abend verflüchtigt, über das nassbefleckte Pflaster rutschen schöne sanfte Wagen, in den Wagen sitzen kostbare Frauen und elegante Herren, sie fahren ins Theater oder in teure Tanzdielen, die Lichtreklamen flammen auf und spiegeln sich im Nass, tot und bleich paradieren unzählige Firmenschilder an den hellen Lichtfronten. Immerfort brausen die Geräusche der Straße in das Lokal, Rufe, Schritte, Gehupe, Klingeln, Schreien, Musik, alle Laute sind leicht abgeschwächt und klingen wie aus weiter Ferne … an den Schläfen summt die Müdigkeit, und im Hinterkopf hämmert etwas. Hunger und Überanstrengung und ein wenig Angst machen sich bemerkbar.

Sie wartet bis halb acht Uhr und rennt dann nach der Koppenstraße. Sie klingelt, niemand öffnet.

Vielleicht steht er jetzt bei Aschinger, denkt sie. Ihre Angst wächst.

Die Reparaturwerkstätte liegt in der Stralauer Straße, sie muss also wieder ein Stück zurückgehen.

Im Büro der Autoreparatur arbeitet nur noch ein alter Mann, der nicht Bescheid weiß, ob und wann der Monteur Fritz Drehkopf fortgegangen ist.

»Da müssen Sie mal in der Garage fragen«, sagt er.

Der Portier will Erna wegjagen, aber sie kommt durch die große Einfahrt doch in den Hof, glücklicherweise läuft sie gleich dem Monteur Gustav Kliebein in den Weg, der mit beschmierten Händen auf einer Motorhaube sitzt.

»Sie! Kennen Sie Herrn Fritz Drehkopf, den Monteur Drehkopf meine ich?«

Der Junge sieht Erna mit seinem verschmierten Gesicht aufmerksam an.

»Menschenskind, sind Sie Drehkopfen seine Braut?«

Erna nickt, natürlich, was denn sonst.

Da springt Gustav Kliebein vom Motor herunter, sieht sich um, winkt Erna und geht mit ihr hinter in den Werkzeugschuppen. Er packt sie liebevoll an den Schultern und betrachtet sie eingehend.

»Kleene, det is jut, dass Sie gleich zu Justaven gekommen sind. Die Polente hat Fritz verhaftet …«

»Was?«

»Ja, det is eene jemeine Blase. Er wollte sich doch seinen Zaster holen. Na, und da war er erst bei mir. Fritze, habe ick jesagt, mach det anders. Nee, wie er is, Sie werden det woll wissen, dicken Kopf und so, will er einfach nich. Geht rein, verlangt das Geld. Die jeben natürlich nischt. Nimmt er sich aus der Kasse was raus und haut sich mit dem Kassierer rum. Lässt der Olle die Polente holen, sagt det Schwein: Diebstahl. Mensch, heul nich, wenn wir det früher jemerkt hätten, dann wäre Fritz noch hier. Jetzt dürfte er in Moabit sitzen.«

Nein. Erna weint gar nicht, sie starrt nur in die Luft, in die Luft. So. Fritz Drehkopf ist verhaftet. Wegen Diebstahl. In Moabit. Die Kleinen hängt man ...

Gustav Kliebein weiß nicht recht, wie er das Mädchen behandeln soll. Wenn sie geheult hätte, würde er sie trösten können. Die sagt aber gar nichts, dem Fritz Drehkopf seine. Ganz nettes Mädel! Wenn sie jemanden brauchen sollte, der ihr im Bett Gesellschaft leistet, dann bitte hier: Gustav Kliebein, 96 Kilo, bester Ringer von »Fichte«, unverheiratet, vierundzwanzig Jahre und außerordentlich gesund. Er will durchaus nicht seinem Freund Fritz in die Nieren treten, nein, das tut er nur aus Gefälligkeit. Aber weil ihm das Mädchen nicht ganz geheuer ist, behält er seine konkreten Vorschläge noch für sich.

Vor Aufregung popelt er in der Nase. Und das ist auch gut so, denn plötzlich saust die Kleine, ohne was zu sagen, aus der Werkzeugkammer raus, vorbei an dem wild aus seinem Häuschen schießenden Portier, und verschwindet.

Reizender Käfer, denkt Kliebein, der Fritz hat aber auch immer Schwein. Die hatte ja Beine, die knickten in den Kniekehlen so ein bisschen ein, das hat er gerade gern. Zum Abknutschen ist das Mädchen ...

Wie eine Traumgestalt steht Gustav Kliebein im Abendlicht, und das kommt ihm schließlich beschämend zu Bewusstsein. »Scheiße«, sagt er laut und deutlich und klettert wieder auf seinen Motor.

Und Erna läuft. Sie läuft auf die Polizeiwache, sie läuft nach Moabit, sie läuft von Zimmer zu Zimmer, wird misstrauisch betrachtet, wird abgewiesen, weitergeschickt, immer weiter. Bis sie schließlich erfährt, Herr Fritz Drehkopf, Monteur, Koppenstraße, ist eingeliefert worden. Er sitzt da und da wegen Diebstahl und Sachbeschädigung; Besuchszeit zum ersten Male Montag nächster Woche. Nein, bedaure, vorher ausgeschlossen.

Das ist eine bittere Sache in einem bitteren Augenblick. Fritz wollte sie doch instruieren, sie muss wissen, wie der Kampf weitergeführt werden soll, ob die Gewerkschaften helfen, welche Maßnahmen durchzuführen sind. Was ist zu tun? Ja, nun trägt sie allein die Verantwortung, allein muss sie die Mädchen im Tippzimmer beraten, anfeuern, mitreißen, allein muss sie der Leitung der Eisenverwertungs-G. m. b. H. frondieren, allein muss sie kämpfen, nur der Sieg wird ihre gemeinsame Sache sein.

Sie darf natürlich im Büro nichts von Fritzens Verhaftung sagen, über solche Dinge stolpern die Mädchen, sie sind ja noch so kleinbürgerlich in vielen Dingen, so etwas verstehen sie nicht.

Als Erna zurückläuft in ihre Wohnung, ein Mädchen von neunzehn Jahren, fühlt sie sich einsam und allein in dieser Stadt Berlin wie noch nie. Die Menschen, die an ihr vorübergehen, sind plötzlich fremd und unnahbar geworden, sie haben alle eine Familie und ein Geschäft und ein Leben und ein Schicksal für sich. Niemand sieht sich nach ihr um, niemand wird ihr helfen. Straßenbahnen fahren vorbei, sie klingeln laut durch die Nacht, schrill, dürr und verbiestert klingt das, fröstelnd kalt sehen die Häuser auf sie herab, an jedem Haus hundert Schilder und Firmennamen und Reklametafeln, und kein Name sichert ihr etwas zu, nirgends Zuflucht, nirgends Heimat. Die Spree gleitet dunkel und still dahin. Darüber schimmert kein Stern. Gestern war der Himmel voll davon, vorbei, vorbei. Die Furcht der Heimatlosen packt sie einen Moment. Einen Moment nur, das muss vorübergehen. Sie beißt die Zähne zusammen, und ein gesunder Trotz kommt über sie: NICHT NACHGEBEN!

In ihrer Wohnung ist alles still, bei Matscheks hinten rührt sich nichts. Ihr Zimmer sieht im Schein der elektrischen Lampe fremd und kalt aus, aber nichts ist verändert worden, alles steht unberührt wie am Morgen. Unterdessen ist ein ereignisreicher Tag vorübergegangen, und sie steht zum letzten Mal in ihrer Wohnung, um Abschied zu nehmen.

Erna beugt sich weit aus dem offenen Fenster. Das wird sie nun nicht wiedersehen, den Bahndamm mit den Zügen, die Häuser mit den Brandmauern, den Himmel mit den Wolken. Doch, sie wird alles wiedersehen, warum soll sie den Himmel vergessen und den Rauch der Bahnen? Alles wird wiederkehren, auch die verflossene Nacht. Sie darf nur nicht mutlos werden in dieser großen Stadt Berlin.

Langsam und bedächtig sieht sich Erna noch einmal im Zimmer um. Sie besieht sich im Spiegel, ein guter Spiegel. Im zerwühlten Bett kann sie noch die Wärme der vergangenen Nacht riechen. Sie packt ihre wenigen Sachen zusammen. Das Grammofon unten spielt wieder. Aus dem Nebenzimmer, wo jener Berger mit dem Mädchen wohnt, kommen zärtliche Laute. Alle Geräusche des Hauses dringen zu den Einsamen, die auf ihren Betten liegen und nicht schlafen können, zu den Kranken, die mit offenen Augen fiebern, zu den Unruhigen, die hin und her gehen.

Erna packt. Schnell ist sie fertig, wie am ersten Tag steht sie wieder mit dem schweren Koffer da und sieht sich um. Und da muss sie an den jungen Mann von nebenan denken, wie hieß er doch? Köhler oder so. Der hat einmal gesagt, das ist noch gar nicht so lange her, kommen Sie rüber, wenn Sie Hilfe brauchen. Brauche ich jetzt nicht Hilfe?, überlegt sie. Das ist ein ehrlicher Junge, ein Kommunist, der wird mir helfen. Aber sie weiß nicht recht, wird er ihr überhaupt etwas sagen können? Wird er sich in ihre Situation hineindenken können?

Sie legt die Schlüssel draußen auf den Gartentisch. Das Geld liegt natürlich nicht da, die restliche Monatsmiete. Na schön, denkt sie, dann eben nicht.

Aber der junge Arbeiter aus der Gangwohnung ist nicht da, niemand öffnet ihr, als sie klopft, und Erna geht zum letzten Mal diese Treppen hinunter, den Koffer in der Hand.

Die dunkle Nacht weht mit hastigen Windstößen Kälte hinunter in die Straßen, der Winter scheint noch einmal seine Hand in den Spätfrühling zu strecken, Erna muss schnell durch diese Nacht laufen, es ist schon spät, mit einem schweren Koffer bis nach Moabit. Dort wohnt Lotte Weißbach in Untermiete. Auf dem langen Weg kann sich Erna viel überlegen, und sie überlegt sich viel. Sie sieht ein, dass sie ganz allein ist. Natürlich, da steht noch Erika neben ihr und Lotte und vielleicht Trude und Elsbeth, aber die sind schon zu weich, zu locker für manche Dinge, die haben schöne Beine und verheißungsvolle Münder, aber sie wollen nicht aus ihrer Haut heraus, ihre Haltung ist undurchsichtig und widerspruchsvoll in diesem Kampf. Nur zu dieser merkwürdigen Otti, die sich um all diese Dinge nicht sonderlich kümmert, hat Erna Vertrauen, die steht ihr nahe, auf die wird sie sich verlassen können.

Wenn ein kleines Mädchen allein durch die fremden Straßen der großen Stadt gehen muss, und sie hat Gedanken, an denen sie herumkauen kann wie an einem Kaugummi, dann wird vieles leichter. Sie vergisst. Sie kann sich an einer bestimmten Sache festbeißen. Es gibt viele schwere Dinge, mit denen man nicht gleich fertig wird, und so ein schweres Ding ist für Erna Halbe das Büro, in dem sie arbeiten muss. Immer denkt sie über die Mädchen aus dem Tippzimmer nach, den ganzen Weg bis Moabit. Eigentlich leben diese Mädchen doch alle wie ich, überlegt sie. Sie haben Jungens, die ihnen gefallen, das ist richtig so. Sie haben andere Jungens oder Männer, die bezahlen bloß für sie, wenn sie irgendwohin gehen, das geht nun mal nicht anders. Die Männer haben eben das Geld, und uns lassen sie nicht ran. Wir wollen doch alle glücklich werden, wir wollen uns verheiraten und Kinder kriegen. Und jetzt schlagen wir uns mit der Eisenverwertungs-G.m.b.H. herum. Meinen das die Mädchen nicht ernst? Bildet sich nicht schon sichtbar etwas Gemeinsames?

Wer hat Erika in den Kampf hineingezogen? Wissen die anderen Mädchen, wer Erika ist? Ich weiß es, ich kenne sie. Und Otti? Wer ist Otti? Sicher ein tapferes Mädchen, nur weiß das noch niemand, weil Otti noch nicht gezeigt hat, was sie kann. Wenn ich fest bleibe und sicher und unerbittlich, wenn ich ihnen sage: So und so und nicht anders, wenn ich nie schwanke, dann werden die Mädchen zu mir halten, dann werden wir bestimmt siegen.

Sie kommt rasch voran. Einmal muss sie nach dem Weg fragen, hier und da. Und dann denkt sie wieder an ihre Mädchen.

Sie vergisst fast Fritz Drehkopf. Ja, denkt sie, ich liebe ihn sehr, er ist ein guter Kerl, und wir werden uns immer vertragen. Einfacher Diebstahl, noch nicht vorbestraft, wenn er viel bekommt, werden sie ihn zwei Monate einlochen. Vielleicht findet er einen vernünftigen Richter. Aber lieber Fritz, nicht wahr, heute und morgen und übermorgen muss ich an etwas anderes und viel Wichtigeres denken. Komisch, alle, die mir geholfen hätten, sind aus dem Spiel ausgeschaltet.

Der Weg nach Moabit mit einem schweren Koffer wächst und wächst ins Unendliche. Erna wird mit ihren Gedanken nicht sehr schnell fertig. Die Theater leeren sich, die Menschen fahren eilig heim, Erna marschiert ihren Weg. Am Bahnhof Alexanderplatz vorbei, Bahnhof Börse, Bahnhof Friedrichstraße, Lehrter Bahnhof, ein hübsches Stück. Manches Mal setzt sie den Koffer hin, atmet hastig und schnell, und dann geht sie mit raschen energischen Schritten weiter.

Hier ist sie heute Abend schon einmal gewesen, ja, in Moabit. Nun, was ist dabei. Morgen kommt ein frischer Tag, der Kampf geht weiter. Man muss ruhig und sicher bleiben, man darf das Gleichgewicht nicht verlieren. Auch Erna kommt an ihr Ziel.

Lotte und Martha schlafen noch nicht. Nur das Kind, ein

pausbäckiges Mädchen, liegt still und ruhig in der Hängematte, die in der dunkelsten Ecke des Zimmers, zwischen
Schrank und Kleiderhaken, pendelt.

»Nun bin ich endlich da«, sagt Erna mit einer entschul-
digenden Handbewegung zu den beiden Mädchen, »Fritz
konnte heute Abend nicht mitkommen, er hat Nachtschicht,
deshalb hat es so lange gedauert. Ich habe alles alleine schleppen müssen. Euer Haus war ja leicht zu finden, sogar elektri-
sches Licht habt ihr im Hausflur.«

Sie legt ihre Sachen ab und lächelt Martha dabei an. Lotte
steht zwischen ihnen.

»Na, was ist da zu entschuldigen?«

Die Martha drückt ihr die Hand, und sie sehen sich an,
und sie lachen, und Martha sagt noch: »Bist ja recht spät
gekommen!« Das ist alles, und das genügt.

Sie müssen leise sprechen, damit das Kind nicht aufwacht.
Lotte zeigt stolz in die Hängematte, als läge da ihr eigenes.
Blonde Haarsträhnen fallen der Kleinen ins Gesicht, sie
schläft müde und selig, die Fäuste unter das Kinn gepresst.
Ihr Spitzenhemd steht vorn offen, da guckt ein lächerlich
schmaler und zarter Hals heraus, das Kind atmet tief und
schüttelt sich im Schlaf.

In der Hängematte liegt nur ein rotweiß kariertes Unter-
bett.

Das Licht wird abgedreht, eine kleine Nachttischlampe
brennt noch und verbreitet mattes grünes Licht.

»Du musst aber auf dem Sofa schlafen!«, sagt Lotte.

Das Sofa, schon fertig überzogen und mit Decken verse-
hen, ist in ein Bett umgewandelt worden. Lotte und Martha
werden zusammen in dem großen Bett schlafen, was sie übrigens in der letzten Woche auch schon getan haben.

Erna sieht sich um, das Zimmer ist erstaunlich geräumig,
sie werden schon eine Weile zu viert darin auskommen.

»Bloß eure Liebhaber dürft ihr nicht mit rauf bringen«, meint Lotte. Und als zwei beleidigte Gesichter ihr entgegenstarren, fügt sie entschuldigend hinzu: »Ich meine nachts.«

Von Fritz Drehkopf erzählt Erna nichts, ab und zu fügt sie ihren Ansichten hinzu: »Fritz meint das auch.«

»Wenn du wüsstest, wie gern ich jetzt ins Geschäft gehen würde, um die ganze Geschichte mitzumachen! Lortzing hängt mir schon lange zum Halse raus. Aber hört mal, ich habe das auch schon zu Lotte gesagt, ihr dürft keinen persönlichen Kampf daraus machen, die Sache muss von Anfang bis zum Ende heißen: Tippmädel contra Eisenverwertungs-G.m.b.H.«, sagt Martha.

»Klar, Mensch! Das ist einfach eine Sache, die uns alle angeht. Was heute der Trude passiert, kann morgen jeder von uns passieren. Deswegen bin ich auch gleich weitergegangen und habe die Tarifforderungen gestellt.«

Sie sprechen von ihrer nächsten Arbeit und helfen Erna beim Auspacken, viel Platz ist nicht mehr übrig, die Schränke und Kommoden sind voll, aber provisorisch lässt sich die Sache schon einrichten. Lotte muss fünfzig Mark Miete ohne Licht und Heizung zahlen, sie beschließen, dass jede ein Drittel gibt, und solange Martha keine Arbeit hat, soll ihr Drittel von Lotte und Erna zu gleichen Teilen getragen werden. Die Verhältnisse sind ja noch ganz unsicher und unübersichtlich, zwei streiken, eine ist arbeitslos und dazu noch von der Polizei gesucht, ein Kind gehört auch dazu. Sie brauchen aber nicht nur ein Dach über dem Kopf, sie müssen auch essen und trinken, sie brauchen Kleider und Schuhe und vieles andere noch. Vielleicht hat eine morgen Glück oder übermorgen, dann wird sie den beiden anderen helfen. Sie müssen zusammenhalten, verdammt nochmal, sie müssen füreinander einstehen, sie müssen sich gegenseitig helfen, weil die Sache anders nicht geht.

Spätnachts, gegen Morgen wohl schon, wacht Erna auf.

Im Zimmer stehen noch die dunklen Schatten der Nacht, nur gerade in die finstere Ecke, auf die Hängematte fällt ein Schein von draußen. Unten auf der Straße erwachen schon die Laute der Frühe: Schritte, Wagen fahren, Milchkannen klappern. Erna blinzelt schlaftrunken mit den Augen, ruhiger Atem geht durch das Zimmer, in vielen Tönen, hoch und tief, ein komisches einschläferndes Geräusch. In der Hängematte rührt sich was, das Kind spricht im Traum. Dann schläft Erna noch einmal ein. Aber am Morgen wird sie von der kleinen Martha geweckt, die den Namen der Mutter trägt. Mit ernsten blauen Augen sieht sie Erna an und patscht ihr ins Gesicht. Sie trägt eine große rosa Haarschleife in ihrem dünnen Haar. Lotte hebt sie hoch und knutscht die Kleine ab. Martha Hummel kocht auf dem Patentherd, der ebenfalls im Zimmer steht, die Milch für die Kleine.

»Raus, du Faulenzer!«, sagt Lotte zu Erna.

»Na, du kleiner Posaunenengel!«, begrüßt Erna das Töchterchen Martha Hummels.

Ja, die Kleine sieht strahlend gesund aus, aber sie spricht sehr wenig, sie kommt zu selten mit anderen Kindern zusammen, dagegen singt sie oft vor sich hin.

Erna muss sie pflichtgemäß ein paarmal in die Luft stemmen, ihr Gewicht bewundern und ihre Gelenkigkeit, und dann können sie Kaffee trinken. Der Tisch ist weiß und sauber gedeckt, Brötchen und Butter stehen da, draußen scheint die Sonne wieder, der Tag beginnt gut.

Nun lernt Erna auch Frau Pratt kennen, die Seele einer Wirtin. Dick und behäbig schiebt sie herein, mindestens fünfzigjährig, aber ihr Haar zu Schnecken frisiert, was Erna erheblich komisch findet.

Lotte stellt vor.

»Frau Pratt! ... Und Erna Halbe, das Mädchen an der Orga Privat!«

Frau Pratt knixt ein bisschen mit den Knien ein.

»Hoffentlich gefällt es Ihnen bei uns.«

Gott, was soll Erna da sagen!

»Bleiben Sie ruhig hier, solange Sie noch keine Wohnung haben.«

Frau Pratt soll mit den Mädchen Kaffee trinken, aber sie hat keine Zeit, sie muss in die Markthalle. Dick und behäbig, mit einem freundlichen Lächeln und ihren komischen Schnecken, verschwindet sie wieder.

»Ist das 'ne Nummer!«

»Ein Engel!«

»Tante Pratt ist gut«, stellt Martha junior abschließend fest.

Lotte malt ihren Kindermund rot, pudert die Druckflecke weg, kämmt ihr Pony durch, und dann ziehen die beiden Mädchen los, nachdem die Tageseinteilung besprochen ist und Martha genau erfahren hat, wie viel und wo sie einkaufen darf. In dieser Gegend braucht sie nicht zu befürchten, dass sie sofort von Bekannten gesehen wird. Allerdings, sehr weit ist die Wiclefstraße, wo sie früher wohnte, von ihrer jetzigen Heimstätte nicht entfernt, und Vorsicht ist besser als Übermut.

Lotte und Erna sind unterwegs recht schweigsam, es ist keine einfache Sache, die Verantwortung zu tragen für einen schweren Kampf.

Unten vor dem Bürohaus auf der Prenzlauer Allee stehen ein paar Angestellte aus dem Vorderhaus, die Erna und Lotte interessiert betrachten. Aha. Die Sache hat sich also schon herumgesprochen! Erhobenen Kopfes, mit federndem entschlossenem Schritt marschieren die beiden vorbei.

Jawohl, wir streiken! Seht nur her!

Auf dem Gang kommt ihnen Erika entgegen.

»Du, ich bin bei der Trude gewesen, der geht es aber gar nicht gut!«

»Halt, das musst du alles den anderen in der Form eines

Berichtes erzählen. Wir müssen jetzt aufpassen, dass die Mädchen nicht auseinanderlaufen, sonst fliegen wir alle miteinander raus.«

»Warum? Hast du denn solche Angst?«

»Besser ist besser! Und den Bericht von Trude müssen alle hören.«

Elsbeth spielt auf einer Mundharmonika, die sie ihrem Bruder weggenommen hat. Sie spielt gut und schmissig. Die Mädchen sitzen auf ihren Stühlen, wie jeden Tag, sie klatschen im Takt mit den Händen zu der Mundharmonika. Erna, Lotte und Erika kommen herein, alle sehen auf. Erna spürt diesen Ruck, dieses prüfende Abschätzen, sie fühlt auf einmal ganz deutlich, welche Verantwortung auf ihr liegt. Das ist nur ein kleiner Widerstand, ein Häuflein von zehn oder elf Mädchen, in einem einzigen Raume, der in einer Stunde durch elf andere besetzt werden kann, ohne dass sich viel ändert. Aber über Nacht wachsen solche Bewegungen, wenn sie klar und sicher geleitet werden.

»Hört mal zu! Elsbeth, steck deine Jammerkiste weg! Jaja, du spielst wunderbar, aber jetzt musst du mal ruhig sein. Ihr habt uns zum Aktionsausschuss gewählt, da müsst ihr natürlich auch zuhören und aufpassen und Vertrauen zu uns haben. Ihr wisst hoffentlich, dass unsere Geschichte hier nicht sehr leicht ist, und wer das noch nicht weiß, dem sage ich das jetzt. Wir dürfen uns auf keinen Fall entmutigen lassen und müssen jede Chance ausnützen. Wir bleiben alle hier im Tippzimmer und rühren keine Arbeit an, verstanden! Erika und ich werden nochmals rüberrücken, vielleicht schmeißen sie uns wieder raus. Wir sind gestern Abend im Zentralverband der Angestellten gewesen …«

Das stimmt zwar nicht, aber Erna muss unbedingt Rechenschaft geben, muss unbedingt aufmuntern. Sie nimmt sich aber vor, heute Abend allein hinzugehen.

»… und die wollen uns unterstützen. Also da haben wir

auch noch 'ne Hilfe. Dann müssen wir ein paar Mädel ins Vorderhaus runterschicken, um dort Propaganda für uns zu machen, vor allem in der Registratur und im Schreibzimmer, dort kommt ihr am leichtesten hinein. Aber das Wichtigste ist: Ihr dürft den Kopf nicht hängen lassen ...«

»Du, das Ganze wird ein bisschen langweilig!«, meint spitz die Annemie Bergemann.

»Ja Kinder, wenn ihr denkt, so was fällt euch in den Schoß, dann hättet ihr gar nicht erst anfangen sollen. Ich sage euch ganz genau, wie die Sache steht und welche Aussichten wir haben, damit sich niemand im Unklaren ist. Siodmak und Lortzing werden natürlich eine Weile ihren harten Kopf zeigen, die denken, wir werden nicht lange durchhalten und bald kuschen. Wollen wir dem Siodmak und dem Lortzing den Spaß machen?«

»Nein!«, rufen zwei oder drei Mädchen. »Haut sie! Durchhalten!«

Später sieht Erna, wie Lieselotte Kries und Annemie auf Vera einsprechen. Aha, da bildet sich schon so 'ne kleine Streikbrecherbande heraus. Erna nimmt sich vor, diese Mädchen besonders zu bearbeiten und zu beschäftigen. Das böse ängstliche Gesicht der Lieselotte Kries vor allem beunruhigt Erna.

»So, und jetzt seid mal ruhig. Erika ist bei Trude im Krankenhaus gewesen, sie wird euch erzählen, wie es der Trude geht.«

Alle sind gespannt, das interessiert sie.

»Ja, Trude hat anscheinend zu lange gewartet. Sie musste gestern nach der Einlieferung sofort operiert werden, und abends war sie noch ohne Besinnung. Ich musste fortgehen, ohne sie gesehen zu haben. Heute Morgen aber hatte sich Trudes Zustand so verschlimmert, dass unmöglich Besuch vorgelassen werden konnte. Vielleicht heute Nachmittag ...«

»Was hat sie denn?«, ruft Eva.

»Eine Drüsengeschichte.«

Trude Leußner war immer ein wenig launenhaft und stolz, sie blieb für sich und hatte nicht viel Gemeinsames mit den anderen Mädchen. Aber seit Jahren arbeitet sie nun schon in diesem Büro, sie kennt alle Mädchen von Anfang ihrer Tätigkeit an. Die erschrecken nun, als Erika ihnen das alles erzählt. Das hatten sie nicht geahnt. Ein Schatten steht im Zimmer und geht nicht weg. Jetzt erst bekommen sie richtige Wut auf Lortzing, alles bei ihnen hängt von Stimmungen und Launen ab. Dieser Bericht Erikas stärkt ihre Entschlossenheit. Sie sind nicht mehr so aufgekratzt und fröhlich wie am Morgen, aber ihr Kampfmut wächst. Eva und Elfriede sollen mittags ins Krankenhaus fahren und Blumen mitnehmen, Elfriede sammelt reihum, jede gibt ein paar Groschen. 2,20 Mark werden gezeichnet.

Dazwischen gellt plötzlich das Haustelefon. Die Mädchen fahren herum, sie erschrecken ordentlich. Eva steht dem Apparat am nächsten, sie muss erst ihre dicken blonden Ponyhaare zurückstreichen, um die Muschel an das Ohr zu bekommen.

»Wir? Arbeiten? Was? Ausgeschlossen … Gehen Sie mal ins Krankenhaus zu Fräulein Leußner, wie es der geht. Wir denken nicht daran … Was? Sie wollen uns entlassen …? Hallo! … Abgehängt hat er«, sagt sie zu den Mädchen, »es war Siodmak.«

Wieder wird alles still, die Mädchen haben Zeit, über dieses und jenes nachzudenken, und das ist gefährlich. Ein Lohnkampf wie dieser, in einem lächerlich kleinen Bezirk, Schreibzimmer im Hinterhaus, dreizehn Arbeitnehmer, ohne Betriebsrat, ohne Verbindung mit der Gewerkschaft, Mädchen dazu noch, um die Zwanzig herum, mit merkwürdigen Sehnsüchten und großen Hoffnungen, kess, tapfer, aber auch ein bisschen leicht und locker, ein bisschen weich und verschwommen, ein bisschen zu kleinbürgerlich, ein solcher Kampf steht von Anfang bis zu Ende in der Gefahrenzone der Desertion, der Fahnenflucht, des Verrats. Hier und da wagt sich schon Kritik vor, Lieselotte schlägt ostentativ auf ihren Tasten herum, mit ihrem kleinen Schmollmund sitzt sie verdrossen da, weil Erika sie angefahren hat. Erika will das wiedergutmachen, sie ist glänzend zu gebrauchen. Sonst sieht man sie überhaupt nicht im Tippzimmer, jetzt aber rückt sie in die Mitte. Gleich neben Erna steht sie. Sie hat ein Buch mitgebracht, und reihum lesen die Mädchen daraus vor. »Der Seewolf« von Jack London. Die Langeweile drückt nicht mehr so entsetzlich.

Auf einmal kommt Otti herein, die kleine Ottilie Heynicke. Sie hat draußen herumspioniert und etwas erwischt. Ein Mädchen aus dem Vorderhaus.

»Da habt ihr's!«, sagt Otti vorwurfsvoll.

Das Mädchen, eine Wasserstoffsuperoxydblonde, die ruhig ins Zimmer hereinkommt, etwas erstaunt und sehr neugierig, erzählt ihre Geschichte nochmals.

»Euer Siodmak hat bei unserem Bürovorsteher angerufen. Er braucht jemand aushilfsweise zum Diktieren. Na ja, und da hat er mich rübergeschickt. Ich kann doch nichts dafür.«

»Nee«, meint Elfriede, »aber nun gehe auch wieder schön brav nach Hause!«

Erika erklärt dem Mädchen alles.

»Jaja. Wir wissen schon alles«, erwidert diese.

»Du willst uns doch sicher nicht in den Rücken fallen. Du kannst ja sagen, wir hätten dich nicht durchgelassen.«

Das Mädchen zieht mit ihrem Diktierblock ab.

Lieselotte muckt auf.

»Ihr müsst das Mädchen doch zu Siodmak lassen. Das geht doch nicht. Das ist schon beinahe Bolschewismus …«

»Nu wie denn? Nu was denn? Sollen wir uns etwa selber deinem lieben Herrn Siodmak anbieten? Bei dir piept's wohl?«

Sie streiten sich herum.

Aber Otti organisiert unterdessen einen obligatorischen Postendienst, zu dem reihum jede kommandiert wird.

»Und der Lieselotte geben wir noch ein Mädchen dazu«, sagt Erna, »damit sie uns nicht beschwindelt.«

Erika liest weiter aus dem »Seewolf« vor.

Und Erna zieht Lieselotte auf den Gang hinaus.

»Komm mal, ich muss dir was sagen.«

Lieselotte macht ein ganz störrisches Gesicht, vielleicht schämt sie sich auch. Sie sagt zu allem bloß Ja und Amen und nickt immer. Dieses Gespräch befriedigt Erna durchaus nicht.

Ein heißer Tag. Die Stille im Zimmer wird noch fühlbarer durch die gleichmäßige eintönige Stimme der Verlesenden. Fliegen summen um die stillen Schreibmaschinen, die Mädchen haben ihre Hände aufgestützt oder schaukeln mit den Stühlen hin und her. Annemie Bergemann schläft unzweifelhaft. Ihr Schlaf wird unsanft gestört. Die Tür knallt brüsk auf, ein Mädchen kommt da bestimmt nicht herein. Lotte, die gerade liest, klappt erschrocken das Buch zu. Im Zimmer steht, faltig, dick, mit umzogenen Schweinsäuglein, die Hände in den Hosentaschen, Herr Direktor Siodmak. Er hat einen schönen dunkelbraunen Anzug an, die Bügelfalte leuchtet, er kleidet sich immer sehr sorgfältig. Eine Weile bleibt alles still. Die Mädchen starren ihren Chef an. Er lächelt, das ist das Unheimliche. Er lächelt ruhig und sanft eine Weile. Dann poltert seine raue Stimme los. Ein paar Mädchen sitzen da wie Kleintiere, die fasziniert dem Schlangenblick erliegen.

»Ihr habt es euch ja bequem gemacht. Kann mir vielleicht eine von den ehrenwerten Damen sagen, was das heißen soll?«

Erna kennt den Ton. Sie pfeift los.

»Warum haben Sie Fräulein Leußner entlassen?«

»Mund halten. Mit Ihnen spreche ich gar nicht. Sie sind

ja schon längst entlassen. Sie halten sich widerrechtlich hier auf, verstehen Sie!«

Die Mädchen sehen auf, von Siodmak zu Erna, die klein und bleich und tapfer an ihrer Orga Privat steht. Das ist ja eine reizende Situation, der legt ja mächtig los. Jetzt wird's wohl ernst.

»Ich gebe Ihnen noch eine Gelegenheit, obwohl Sie das wirklich nicht verdient haben. Wenn Sie sofort wieder anfangen zu arbeiten, will ich an diesen Tag nicht mehr denken. Ich lasse Ihnen einen Tag vom Gehalt in Abzug bringen, im Übrigen weiß wohl Fräulein Tümmler, wo bei mir die Arbeitshefte liegen.«

Rasch und ängstlich schlagen die Herzen der Mädchen. Nur die Sekretärin des Chefs, Fräulein Erika Tümmler, geht ihm ruhig einen Schritt entgegen und schnippst mit einem Finger in die Luft.

»Herr Siodmak, wir wünschen, dass die unberechtigte Entlassung von Fräulein Leußner zurückgezogen wird und die übrigen Kleinigkeiten erfüllt werden, die auf unserem Zettel stehen. Dann fangen wir sofort wieder an zu arbeiten. Das ist doch wirklich nicht zu viel. Und eine Maßregelung von Fräulein Halbe kommt für uns gar nicht in Frage.«

»So. Dann fordere ich Sie auf, das Haus zu verlassen. So leid es mir tut, Sie sind alle gekündigt. Vor dem Arbeitsgericht sehen wir uns wieder. Mahlzeit!«

Bums, die Türe zu.

Die Mädchen sehen sich an, lange und stumm. Eva kommt von der Wache herein und erkundigt sich, was Siodmak hier wollte. Und dann muss die Geschichte noch einmal Grete Theier erzählt werden, die einen Strauß Anemonen für Trude geholt hat. Eine unheimlich ernüchterte Stimmung macht sich breit. Der »Seewolf« liegt unter dem Schrank, wo er im ersten Schreck hingefallen ist, und dort bleibt er liegen.

Annemie Bergemann heult fast, sie sagt, Erika sei viel

zu weit gegangen, jetzt komme noch die Polizei und das Gericht …

Einige Mädchen schwanken schon, zum mindesten finden sie den scharfen Ton Erikas nicht richtig, und Lieselotte schlägt vor, Erika solle sich entschuldigen. Die elegante Sekretärin Siodmaks sitzt still auf einem Tisch und baumelt mit ihren langen Beinen, sie sagt gar nichts.

Und da platzt Erna heraus, jetzt muss sie etwas sagen, hier steht sie an der Spitze, hier trägt sie die Verantwortung. Was würde wohl Fritz Drehkopf sagen, wenn er erfährt, wie schmählich der Kampf zu Ende gegangen ist? Die Zähne zusammenbeißen und nicht an die kleinen persönlichen Leibschmerzen denken, durchhalten …

»Ihr lasst euch ja bluffen! Ihr fallt sofort um, wenn Siodmak euch so ein bisschen anbläst. Wir bleiben selbstverständlich hier und geben nicht nach. Die Gewerkschaften stehen doch hinter uns! Jetzt machen wir gleich Mittag, ich werde nochmals in den Angestelltenverband gehen, und dann werden wir weitersehen …«

»Immer werdet ihr weitersehen, und immer wisst ihr es besser«, schimpft Lieselotte plötzlich los, »aber wenn wir rausgeflogen sind, dann hilft uns keiner, dann können wir zusehen, wie wir wieder Arbeit bekommen. Wir sind doch bloß die Dummen, wenn wir nicht nachgeben, ich kann euch bloß sagen, dass ich wieder anfange zu arbeiten …«

»Niemand wird anfangen! Auch du nicht, Lieselotte! Willst du uns tatsächlich in den Rücken fallen? Habe ich nicht immer gesagt, dass ein bisschen Mut, ein bisschen Ausdauer dazugehört? Angsthasen brauchen wir nicht! Denkt doch an Trude! Die liegt jetzt im Krankenhaus, und wisst ihr, warum? Weil Herr von Lortzing das Vergnügen gehabt hat und den Schaden nicht tragen will! Jawohl, glotzt mich nur an. Ihr versteht schon richtig. Wer jetzt aus der Reihe tanzt, wo nicht einmal die Mädchen aus dem Vorderhaus uns verraten wollen, der ist ein feiger kleiner Schuft. Und es gibt anscheinend einige unter euch, die sich die Finger noch nicht ganz verbrannt haben. Ich hoffe, das genügt.«

Erna ist wütend, sie hat Lieselotte scharf angesehen, ihr ist alles egal.

Erika baumelt noch immer mit den Beinen, sie hat die Frechheit, sich eine Zigarette anzuzünden, lächelnd und eingehend betrachtet sie ihre geflochtenen Schuhe.

Annemie Bergemann beruhigt sich noch immer nicht.

»Der hat doch gesagt, du bist entlassen. Was heißt denn das?«

Ja, das weiß keine, was das heißen soll.

Erika baumelt mit den Beinen, lächelt und schweigt.

Eva zieht sich schon an.

»Komm«, sagt sie zu Elfriede, »wir wollen ins Krankenhaus fahren, damit wir rechtzeitig zurück sind.« Und zu den anderen Mädchen sagt sie: »Erna hat recht. Ihr habt noch nicht einmal richtig angefangen, da klappt ihr schon zusammen.«

»Wer klappt zusammen?«, fragt Lotte Weißbach. »Ich etwa?«

Erika lächelt nicht mehr, sie weiß, sie sind noch einmal über die Klippe hinweggekommen, eine Weile wird der Kampf noch weitergehen. Aber wie lange noch? Wer wird den längsten Atem haben?

»Ihr seid Punkt drei Uhr wieder da, verstanden!«

Erika und Lotte und Elsbeth und Erna gehen zusammen Mittag essen. Gerade an der Tür der Speisewirtschaft fällt der Erna ein, dass sie eine Dummheit gemacht haben.

»Wir hätten ein paar Mädel im Büro lassen sollen.«

Warum denn?

»Ja, besser wäre das auf jeden Fall gewesen.«

»Mensch, morgen ist Sonntag, da kannst du auch nicht drin sitzen bleiben.«

»Das stimmt, aber … nanu, was ist denn das?«

Ihr Stammtisch, ziemlich in der Mitte des Speiseraumes, ist mit Blumen bekränzt, Veilchen und Maiglöckchen und sogar ein Büschel Flieder.

»Das ist doch nicht für uns.«

Aber die Jungens und Mädels an den Tischen klatschen in die Hände, die Vier aus der Eisenverwertungs-G. m. b. H. werden von allen Seiten angestaunt.

»Ist das unser Tisch?«, fragt Elsbeth ungläubig.

Die Jungens klatschen immer weiter, und die Mädchen sehen herüber, und der Wirt bringt schon die Suppe. Vor ihnen steht die Rothaarige, in einer eleganten weißen Kashabluse und kurzem blauem Rock, mit einem sanften lächelnden Gesicht, und reicht der Erna ein kleines knisterndes Päckchen.

»Die Stammkundschaft hat eine kleine Sammlung für die Streikenden der Eisenverwertungs-G. m. b. H. veranstaltet und hofft, dass ihr in eurem Kampf durchhaltet und siegt.«

Sie sagt das ganz langsam, Wort für Wort, mit klarer angenehmer Stimme in vier sehr erstaunte Gesichter.

»Woher wisst ihr denn das?«

»So was spricht sich doch rum.«

Auch der Toilettenvertreter ist wieder da. Er erlaubt sich die Bemerkung, dass heute Abend wahrscheinlich schon in der Roten Fahne ein Kampfbericht stehen wird.

Erna dankt für die Angestellten der Eisenverwertungsgesellschaft, zum ersten Male stottert sie. Das Päckchen liegt noch vor ihr. Das Essen schmeckt den Mädchen heute vorzüglich, der Wirt hat auch besonders viel auf die Teller getan, und Erna bekommt sogar Suppe und Nachtisch, obwohl sie nur »ohne« bezahlt hat.

Neue Gäste werden von der rothaarigen Hilde und den jungen Leuten auf die Helden aufmerksam gemacht. Das wird ein vergnügter Mittagstisch mit allerlei drohenden Redensarten gegen die Eisenverwertungs-G. m. b. H.

154

»Schade«, meint Elsbeth, »dass Lieselotte nicht hier ist.«

»Und alle anderen auch«, ergänzt Lotte.

Beim Abschied fällt Erika der Rothaarigen um den Hals.

Draußen zählen sie das Geld.

16,50 Mark, zum größten Teil in 50-Pfennig-Stücken.

»Was machen wir damit?«

»Ja, darüber müssen natürlich alle beschließen. Das Beste wird sein, wir legen uns das mal als Reserve zurück.«

»Sechzehn Mark fuffzig?«, fragt Lotte zweifelnd.

»Das ist dir wohl zu wenig?«

Sie kommen ziemlich zeitig in die Prenzlauer Allee, aber Liesbeth und Annemie und Vera stehen schon da und schimpfen. Das Unglück, von Erna vorausgeahnt, ist geschehen: Die Türen zum Tippzimmer, überhaupt alle Türen außer der des Sekretariats, sind verschlossen. Und der Weg durch das Sekretariat führt in Siodmaks Zimmer.

»Päng«, meint Elsbeth, »jetzt stehen wir da.«

»Ja, jetzt steht ihr da! Erst habt ihr uns in den Dreck rein-rutschen lassen, nun wisst ihr nicht, was ihr machen sollt, ihr seid ...«

»Lieselotte, du hältst deinen Mund, verstanden!«

Erna spricht scharf und rücksichtslos, der Sieg steht jetzt nicht mehr auf dem Spiel, der ist wahrscheinlich verspielt. Jetzt steht die Existenz der Mädchen auf dem Spiel.

»Wir bleiben hier draußen, Erika und ich werden noch-mals zu Siodmak reingehen. Und vorher müsst ihr euch schlüssig werden, ob wir den Kampf abbrechen sollen. Lass mich ausreden, hörst du. Jeder kann dann seine Meinung sagen, und wir werden abstimmen. Aber wenn eine ein ande-res Mädel beleidigt, bekommt sie eine Abreibung. Wir stehen hier wohl alle in der gleichen Lage da, keine besser und keine schlechter.«

Die Mädchen nicken zustimmend, ja, so soll die Sache gemacht werden. Nur Eva und Elfriede sind noch nicht aus dem Krankenhaus zurückgekommen, die müssen natürlich dabei sein.

Eine ungewisse Stimmung hockt im Korridor des Hinterhauses. Elsbeth holt die große Holzbank aus der Vorderhalle, einige setzen sich, die Übrigen stehen an der Wand herum. Die Sonne kommt nicht bis hierher, Schatten und dämmrige Kühle füllen den Gang. In einem entfernten Zimmer schlägt eine Uhr, von draußen hört man ab und zu das Hupen der Autos, Elsbeth erzählt einen Witz, und niemand lacht. Die Stille wird immer unangenehmer und drückender, aus den Zimmern des Direktors und des Geschäftsführers dringt kein Laut. Die Mädchen sind allein.

»Also wir können nicht warten«, sagt Lieselotte, »bis die Eva und die Elfriede kommen.« Ihre weinerliche Stimme klingt unangenehm hell durch den Gang. Sie hat schon wieder was Neues an, einen blauen Sportjumper.

»Ich will euch mal sagen, wie ich darüber denke. Wir sind schließlich Angestellte in der Eisenverwertungsgesellschaft und keine Arbeiter, und was wir hier machen, das tun die Kommunisten und solche Leute, aber mit so was haben wir schließlich nichts zu tun. Siodmak ist noch lange nicht der Schlimmste, und ich habe noch immer bekommen, wenn ich was haben wollte. Ich bin freundlich reingegangen und habe mit den Herren gesprochen, und die sind mir immer freundlich und zuvorkommend entgegengekommen …«

Diese Rede, erbittert und spitz vorgetragen, spricht ein zweiundzwanzigjähriges Mädchen, kein Einzelfall, sie ist typisch. Am Anfang war sie isoliert; als die Schwungkraft erlahmte, fand sie Gehör. Jetzt bricht bei ihr alles los, was an Gefühlen und Stimmungen ein Nachmittag und ein Vormittag und die Nacht dazwischen aufgespeichert haben. Sie spricht in aufmerksame und ängstliche Gesichter, und nur ein paar werden von ihrer panischen Furcht nicht angesteckt. Auch Erna und Erika sind noch ruhig, sie treibt etwas anderes, sie sind noch unbeirrt, sie werden diese provozierende Rede nicht bis zu Ende anhören, sie werden eingreifen, vielleicht öffnet Erna schon den Mund, vielleicht spricht Erika schon ein Wort, aber alle, alle drei verstummen, denn etwas Neues, etwas Unfassbares geschieht.

Jemand schluchzt. Jemand kommt langsam näher und schluchzt.

»Wer ist denn das?«

»Hallo!«

»Eva?«

»Warum weinst du denn, Eva?«

Dreizehn Mädchen arbeiteten in der Eisenverwertungs-G.m.b.H., zwei Sekretärinnen und neun Tippsen. In dem dunklen Gang stehen aber nur noch fünf Stenotypistinnen. Zwei kommen eben aus dem Krankenhaus, eine wird wegen Kindesentführung gesucht und eine …

»Trude ist gestorben.«

»Was?«

»Was sagst du?«

»Elfriede, das ist doch nicht wahr!«

»Kommt ihr aus dem Krankenhaus?«

»Wie ist denn das möglich?«

»Trude??«

»Gestern Morgen war sie doch noch hier!«

Trude Leußner, zwanzig Jahre, tapfer, mutig, voller Hoffnungen, starb am Sonnabendvormittag gegen 11 Uhr an den Folgen einer zweiten Operation, letzter Versuch, die Komplikationen eines falschen Eingriffs zu beseitigen. Wie sie auch selbst ihr armes kleines Schicksal bedauert haben mag, sie starb nicht umsonst.

Die Mädchen können nicht an der Nachricht zweifeln und können sie nicht verstehen. Eva und Elfriede stehen mit verweinten Gesichtern unter ihnen, sie haben die Tote gesehen. Den Mädchen ist, als wäre in diesem Kampf Eisenverwertungs-G.m.b.H. contra Tippzimmer ein Opfer gefallen, das erste Opfer.

Können die Mädchen da noch verstehen, wie eine unter ihnen mit kleinen Sorgen und Nöten sabotieren will?

Erika fasst Eva sanft an die Schulter.

»Komm, weine nicht mehr. Ich gehe jetzt rüber zu Siodmak.«

Ihr stehen Tränen in den Augen, zwei helle silberne Sterne. Sie verlässt rasch den Gang und geht nach hinten.

Ratlos bleiben die anderen Mädchen zurück. Erna starrt in Elfriedes verweinte Augen. Kann Elfriede einen solchen Scherz machen? Erna ist doch die einzige gewesen, die gewusst hat, wie schlimm es mit Trude steht, aber das hat sie nicht geglaubt. Wie ist denn das möglich? Trude soll ausgewischt sein, weggeweht …

Um Eva und Elfriede hat sich ein enger aufmerksamer Kreis gebildet, die beiden müssen erzählen. Wie hat Trude ausgesehen? Verändert? Was haben die Ärzte gesagt? Waren die Eltern da?

Jede weiß etwas von Trude, sie war immer ein bisschen abseits, hatte eigentlich keine richtige Freundin im Büro, aber jede hatte doch etwas mit ihr erlebt. Trude gehörte zu ihnen, nun ist sie tot. Sie haben für die Tote gekämpft, sie kämpfen noch. Ein gutes und starkes Gefühl überkommt die Mädchen, ihr Kampf hat einen Sinn, sie werden ihn beenden müssen, er wird nicht umsonst gewesen sein.

Sie wissen nicht, wie lange sie schon warten. Sie können nicht mehr weinen, sie wollen auch nicht weinen. Es gibt Wichtigeres zu tun. Sie sehen Erna an. Ruhig steht die Kleine bei ihnen, den linken Arm in die Hüfte gestützt. Im Gang wird es kühl, der Abend kommt, der Lärm draußen schwillt an. Sie werden hinausgehen und wieder arbeiten, sie werden sich vergnügen, sie werden lieben und Enttäuschungen erleben, die Mädchen von Berlin.

Erna dreht sich um.

Lortzings Zimmer wird von innen aufgeschlossen, er selbst kommt heraus, schießt stumm an ihnen vorbei und verschwindet bei Siodmak. Er sieht die Mädchen nicht an.

»Siodmak wird ihn rübertelefoniert haben«, meint Erna. Lieselotte Kries kommt mit einem armseligen Gesicht zu ihr.

»Wenn ich gewusst hätte, dass es der Trude so schlimm gegangen ist, dann wäre ich bestimmt nicht gegen euch gewesen.« Lieselotte fühlt sich in die Ecke gedrängt, sie ist erschrocken, sie sieht, dass sie isoliert ist, jämmerlich isoliert. Aber die anderen Mädchen haben einen heißen Schimmer in den Augen, ihre Pulse schlagen, ihre Wangen glühen, der Schmerz hat sie wieder zusammengeschlossen und geeint. Sie wissen jetzt, wofür sie hier stehen und warten ...

»Ich weiß, ich habe mich nicht richtig benommen, ich dachte ...«

Erna unterbricht sie scharf.

»Lass das jetzt.«

Erika kommt wieder. Sie winkt Erna.

»Du sollst mit rüberkommen.«

»Ich?«

»Ja. Siodmak will dich sprechen.«

»Ach nee.«

Sie gehen eng nebeneinander durch den schmalen Gang.

»Was will er denn von mir?«

»Geh nur rein. Du wirst schon wissen, was du zu sagen hast.«

Erika klopft. Sie gehen beide in das Zimmer Siodmaks, Lortzing befindet sich nicht mehr darin, wahrscheinlich ist er nebenan.

Siodmak sitzt am Schreibtisch, er sieht die kleine Erna aufmerksam an, die unbefangen hereinkommt, mit großen Schritten und schlenkernden Armen. In der Mitte des Zimmers bleibt sie stehen. Erika lehnt sich an die Tür, legt den Kopf zurück und betrachtet die Decke.

»Fräulein Halbe, Sie sind neu bei uns. Ja. Wir haben uns wohl schon einmal begrüßt. Was haben Sie denn nun eigentlich gemacht?«

Was mag Erika bloß mit dem gesprochen haben, denkt Erna, sie sieht ihn ruhig an. Nach einer Weile spricht er weiter.

»Fräulein Tümmler hat mich mit der bedauerlichen Tatsache bekannt gemacht, dass Fräulein Leußner gestorben ist. Ja, glauben Sie denn, dass wir daran schuld sind?«

Er drückt seine Zigarre aus, ohne von Erna wegzublicken. Seine Augen sind kalt, klein, gefährlich, aber er hat eine einschmeichelnde Stimme. Was will er denn von mir, überlegt sich Erna.

»Geben Sie mir doch bitte die Schlüssel vom Schreibzimmer«, sagt auf einmal Erika, »damit die Mädchen nicht im Gange stehen müssen.«

Siodmak zieht ohne Weiteres einen Schlüsselbund aus der Hosentasche, macht einen Schlüssel los und gibt ihn Erika, die sofort aus dem Zimmer verschwindet. Erna und Siodmak sind allein.

»Wissen Sie, dass wir Ihnen gekündigt haben? Nein? Ich habe doch selbst telefoniert. Merkwürdige Sache. Na, lassen wir das. Seien Sie bitte mal aufrichtig. Hat Ihnen irgendjemand den Auftrag gegeben, die Mädchen aufzuputschen?«

Er spricht ruhig, bedächtig, mit einer freundlichen väterlichen Stimme. Erna verzieht ihre Lippen, sie bekommt große runde Augen, und dann antwortet sie ebenso ruhig und langsam.

»Wir haben Trude Leußner nicht im Stich lassen wollen, das ist alles, und das war richtig so.«

»Sie haben mit Fräulein Leußner gesprochen, ja? Sie waren mit ihr befreundet?«

»Ja.«

»Ich weiß nicht, was Fräulein Leußner Ihnen gesagt hat, aber Sie können versichert sein, dass sowohl ich als auch Herr Lortzing ganz korrekt gehandelt haben. In jeder Hinsicht.«

Hinter Siodmaks Schreibtisch befindet sich ein großes Fenster, Erna sieht da hinaus, während Siodmak zu ihr spricht. Gegenüber steht ein Haus. Backsteinbau, massig, vom grauen Licht der späten Dämmerung übergossen. In den Fenstern flammen die Lampen auf, auch dort wird gearbeitet, hunderttausend Büros hat Berlin, dies und jenes passiert darin, Gutes und Böses, alles sieht so einfach und gewöhnlich aus, so unkompliziert, und doch geschehen geheimnisvolle Dinge überall. Der Mond schwimmt durch die Wolken, Nacht und Tag wechseln. Jeder geht mit dem gleichen Gesicht weiter. Hier steht ein kleines Mädchen, es ist Abend, Entscheidungen fallen, kleine Dinge, große Dinge. Berlin, Prenzlauer Allee.

»Es tut mir sehr leid, aber ich kann Sie natürlich nicht behalten. Unser Prestige Ihren Kolleginnen gegenüber verlangt schon, dass wir die Entlassung aufrechterhalten. Ich mache Ihnen einen Vorschlag: Wir zahlen Ihnen das Gehalt für einen ganzen Monat aus, und Sie suchen sich eine andere Stelle. Das Zeugnis können Sie natürlich auch bekommen. Wir werden es so abfassen, dass Ihnen keine Schwierigkeiten entstehen. Sie werden sicher bald wieder eine Stellung finden.«

Was soll sie sagen? Erna schweigt. Das Gesicht des Mädchens ist im düsteren Zimmer kaum noch zu sehen, man ahnt nur die Umrisse ihrer kleinen Gestalt.

»Sie können sich überhaupt nicht vorstellen, in was für Schwierigkeiten wir schon durch den Arbeitsausfall gekommen sind. Unerledigte Briefe sind liegen geblieben. Ich bin doch dafür verantwortlich. Jetzt eben ist mir mitgeteilt worden, dass ein wichtiger Fernruf der Direktion nicht durchgestellt worden ist. Das sehen Sie aber nicht.«

Es klopft, Erika kommt wieder herein.

»Fräulein Tümmler, nehmen Sie bitte gleich die Kopier-
blocks mit. Die Mädchen können wieder anfangen. Ich glaube, wir haben uns geeinigt.«

Die beiden Mädchen gehen hinaus. Siodmak zündet sich
eine neue Zigarre an. Er bleibt noch eine Weile im Dunkeln sitzen und starrt vor sich hin. Dann schüttelt er den
Kopf. »Komische Mädchen«, sagt er. Die Worte klingen
ganz eigenartig. In den Heizungsrohren stößt Metall auf
Metall und gibt einen hellen zirpenden Klang. Wahrscheinlich arbeitet der Hausmeister im Keller. Sonst ist alles still im
Zimmer.

»Was wollte er von dir?«, fragt Erika.

»Ihr sollt wieder anfangen.«

»Ihr? Aha, du sollst fliegen, nicht wahr?«

»Erika, hör mal zu, ich muss dir was Wichtiges sagen.
Ich glaube, jetzt ist der günstigste Moment, den Kampf ab-
zubrechen, denn mehr erreichen wir nicht. Nein, hör mal
zu. Du musst dir über eins klar sein: Die Mädchen halten
heute vielleicht noch aus. Morgen ist Sonntag, am Montag
sind sie bestimmt kampfmüde, und länger als bis Dienstag
halten sie auf keinen Fall durch. Aber wahrscheinlich hat am
Montagmorgen das Arbeitsamt schon genügend Mädchen
hergeschickt. Siodmak hat natürlich den längeren Atem,
das wirst du auch gemerkt haben. Er gibt uns noch eine
Chance. Damit beruhigt er sein Gewissen. Wer weiß, wie
wir jetzt dastehen würden, wenn Trude noch am Leben wäre.
Wahrscheinlich hat Trude durch ihren Tod den Kampf geret-
tet …«

»Erna, das weiß ich alles, aber wir können dich nicht fallen lassen.«

»Und übermorgen fallt ihr alle! Nein, Erika, du brauchst
dich nicht um mich zu sorgen, das ist alles gar nicht so
schlimm. Ich will mich durchaus nicht für euch opfern, das

ist ja kindisch, aber es geht nicht anders. Und außerdem will mir Siodmak sogar mein ganzes Monatsgehalt geben, und bis dahin bin ich längst wieder in einer neuen Stelle. Glaubst du nicht auch?«

Sie bleiben im Gang stehen. Nur Erikas weiße Seidenbluse ist in der Dunkelheit zu sehen, die nach frischer Wäsche riecht. Seltsames Gefühl, dass Trude nicht mehr bei ihnen ist. Und nun soll auch Erna Halbe aus diesem Hause verschwinden. Sind das alles so große Dinge?

Sie sehen sich an, sie verstehen sich. Erika fasst die kleine Fremde sanft am Hals. Sie ist viel größer, mit einer mütterlichen Bewegung zieht sie Erna an sich, in ihre Arme. Sie legen ihre Gesichter leicht aneinander, die Stirnen berühren sich, es ist nur ein leichter Hauch, es geht schnell vorbei, Erika verwendet Houbigant, der Geruch des Parfüms bleibt an Erna haften, sie denkt noch manchmal daran.

»So. Nun musst du es den Mädchen sagen.«

Erika geht voran.

Die Mädchen sitzen alle auf ihren Stühlen, sie haben noch kein Licht angemacht, es ist traurig und still im Tippzimmer.

Erika beginnt leise zu sprechen.

»Hört mal zu, was wir erreicht haben. Wir sollen wieder anfangen zu arbeiten, es passiert nichts, nur Erna soll entlassen werden.«

»Nein«, schreit Elsbeth, »das mache ich nicht mit, dass Erna allein unter den Schlitten kommen soll …«

Erna unterbricht die Aufgeregte. Das sei nur eine taktische Frage. Sie werde schon wieder eine Stelle finden. Und Siodmak habe sich verpflichtet, ihr das Gehalt für den ganzen Monat auszuzahlen. Das wäre doch auch eine Konzession. Der Kampf müsse nun beendet werden, wenn auch durchaus nicht mit einem vollen Siege. Aber es sei auch kein Zusammenbruch, nur ein Rückzug. Und sie sollen daraus lernen, dass Solidarität eine schöne große Sache ist.

Die Mädchen sitzen apathisch und verweint da. Lieselotte Kries liegt über ihrem Tisch, ihr Kopf ruht auf den Unterarmen. Sie weint noch immer, sie will sich nicht beruhigen.

Es erweist sich, dass drei Mädchen gegen den Abbruch des Kampfes unter diesen Bedingungen sind, nämlich Elsbeth Siewertz, Lotte Weißbach und Otti Heynicke. Sie wollen ihre kleine Freundin von der Orga Privat nicht fallen lassen. Am Abend des zweiten Kampftages wird die passive Resistenz abgebrochen.

SO ENDET DIE GESCHICHTE DIESES KAMPFES, DER KEIN ENDE HAT.

Erna Halbe, ein kleines Arbeitermädel, trotzig und entschlossen, mit gesundem Blut und gutem Hass, verabschiedet sich von ihren Freundinnen aus der Eisenverwertungsgesellschaft. Jede reicht ihr die Hand.

»Auf Wiedersehen!«, sagen sie. »Komme bald wieder!«

Und sie sagt: »Vergesst mich nicht!«

Sie geht hinaus aus dem Tippzimmer, den Zettel mit der Zahlungsanweisung in der Hand. Hinter ihr, verdämmernd im kühlen Haus, beginnen schon wieder die Maschinen zu knattern. Ihre Orga Privat schweigt. Sie geht hinaus in diese fremde Stadt, nach dem Alexanderplatz, durch das Zentrum, nach dem Potsdamer Platz. Sicher und unberührt, in einem netten weißen Voilekleid, ihre große Nase stolz geradeaus, ein sanftes Flimmern in den grünen Augen, so marschiert sie dahin. Fritz Drehkopf sitzt, er wird wieder herauskommen, sie ist entlassen, sie wird wieder eine Stelle finden. Das Leid der Welt, es ist nicht so groß, wenn die Werktätigen sich helfen, wenn in ihren Reihen die Kameradschaft und der Widerstand wachsen. Eine kann nichts tun. Eine kann viel tun.

Sie verschwindet unseren Blicken, im Abendgewühl der Berliner Straßen, auf dem Wege zum nächsten Arbeitsamt. Autos hupen, die Hochbahn donnert vorüber, durch offene

Bürofenster hört man Schreibmaschinengeknatter, es ist ein gewaltiger Lärm in der Stadt, Berlin arbeitet.

Sie hat unbefleckt, mit gesundem Instinkt und hellem Kopf, einen aussichtslosen Kampf beendet. Dieser Kampf aber hat noch kein Ende.

Sie verschwindet unseren Blicken, im Gewühl.

Die Mädchen im Schreibzimmer der Eisenverwertungs-gesellschaft arbeiten weiter. Manchmal erzählt eine von Erna, mit heimlichem Stolz, mit unverhüllter Liebe. Die Tage gehen, Wochen werden daraus, Monate. Neue Mädchen kommen ins Büro, die alle kleine Geschichten zu hören bekommen, von Erna Halbe, kleine Worte, halbe Sätze, sie lebt weiter unter ihnen. Langsam verblasst ihr Name, aber was sie tat, wird nicht vergessen, es wächst und wächst.

Ihr Name aber verwehte, und weil schließlich keine mehr den Namen wusste, so hieß die Heldin dieser Geschichte ein-fach so wie am Anfang schon:

DAS MÄDCHEN AN DER ORGA PRIVAT.

Nachwort

Es gibt Menschen, die scheinen zu ahnen, dass ihnen das Leben nicht viel Zeit lassen wird. Vielleicht werden sie auch mit einer extrastarken, aber kurzlebigen Batterie ausgestattet, die sie früh enorm produktiv werden, aber auch früh sterben lässt. Rudolf Braune war ein solcher Mensch. Man weiß wenig über ihn. Doch das Werk, das er bis zu seinem Unfalltod mit gerade mal 25 Jahren geschaffen hat, ist eindrucksvoll.

Geboren wird er am 16. Februar 1907 in Dresden als Sohn eines kleinen Reichsbahnangestellten. Der erste Text, den man von ihm kennt, erscheint 1924 in der *Jungen Gemeinde*, dem »Wochenblatt der wandernden Jugend«, wo er unter dem Titel »Kameraden! Ein Hilferuf!« zur Unterstützung des inhaftierten Schriftstellers Erich Mühsam aufruft. Anfang 1925 gründet er mit Schulfreunden *Mob*, die »Zeitschrift der Jungen«. Erklärtermaßen »spießerfeindlich«, schreiben die Gymnasiasten mit ätzendem Spott gegen die Verhältnisse an und outen sich dabei als Radikalsozialisten. »Wir bekennen uns zu Lenin!«, deklariert der 18-jährige Braune. »Wir glauben an die Schicksalsbestimmtheit der Bergkumpels und Metallarbeiter, der Textilproleten und Eisenbahner.« Nach der fünften Ausgabe verbieten die Behörden den *Mob*, die Redakteure werden verhaftet und verhört. Braune verlässt das Gymnasium, beginnt eine Buchhändlerlehre und zieht im April 1926 nach Düsseldorf, wo er seine Ausbildung zunächst fortsetzt. Anscheinend ist dem ein Bruch mit den Eltern vorausgegangen.

Düsseldorf, der »Schreibtisch des Ruhrgebiets«, ist damals Sitz großer Konzerne und zugleich eine Hochburg der Kommunisten. Hier erscheint mit der *Freiheit* eine der besten linken Tageszeitungen Deutschlands. Seit 1927 verfasst Braune für sie Kunst-, Musik- und vor allem Filmkritiken, Reportagen, politische Glossen, Erzählungen und Gedichte, zunächst als freier Mitarbeiter, dann als Volontär, schließlich als Redakteur. Fast jeden Tag erscheint ein Text von ihm, und bald ist sein Name auch in verschiedenen nationalen Publikationen zu lesen: in der *Linkskurve* oder der *Roten Fahne*, aber auch in der von Ossietzky und Tucholsky geleiteten *Weltbühne*, in der *Frankfurter Zeitung* und in der *Vossischen Zeitung*.

Braunes Feuilletons lesen sich noch heute gut. Seine Urteile sind scharf und pointiert geschrieben mit der Unbeirrtheit der Jugend. Aber sie treffen. Er agitiert in vielen Texten, hat aber zugleich ein unbestechliches ästhetisches Empfinden – und er kann schreiben! Die kleine Form allein wird ihm bald zu eng: 1928 erscheint in der *Freiheit*, die schon Romane von Maxim Gorki, Upton Sinclair und Jack London in Fortsetzungen gebracht hat, *Der Kampf auf der Kille*, der das Leben in einem Arbeiterviertel des Ruhrgebiets schildert, genau beobachtet und einfühlsam erzählt.

1930 folgen, wieder in Fortsetzungen in der *Freiheit*, *Die Geschichte einer Woche*, deren Held in einer Fabrik im Ruhrgebiet eine kommunistische Zelle gründet, und Braunes erstes Buch: *Das Mädchen an der Orga Privat*, ein »kleiner Roman aus Berlin« aus dem Angestelltenmilieu. Als *Junge Leute in der Stadt* herauskommt, ein groß angelegtes Zeitbild, dessen Schauplatz (Berlin) nur angedeutet ist, ist Rudolf Braune bereits tot, ertrunken am 12. Juni 1932 beim Schwimmen im Rhein vor Düsseldorf-Niederkassel. Die Grabrede hält Wolfgang Langhoff, der Theaterregisseur und spätere Intendant des Deutschen Theaters Berlin. Dass Braune eine Weile in Berlin gelebt hat, kann man vermuten, ist aber nicht gesichert. Briefe, Dokumente, Erinnerungen anderer haben sich nicht erhalten. Was wir von ihm wissen, beschränkt sich weitgehend auf sein Werk: drei Romane, knapp 20 Erzählungen, ebensoviele Reportagen und über 300 Kritiken allein in der *Freiheit*, wie Martin Hollender im Nachwort des *Rudolf Braune Lesebuchs* 2015 schreibt.

Aus seinen Feuilletons und Reportagen und seinen ersten Geschichten spricht ganz klar Rudolf Braunes kommunistische Weltsicht. Auch im *Mädchen an der Orga Privat* findet sich manche Formulierung, die an »Kampfliteratur« erinnert – etwa wenn Braune am Schluss seine Heldin Erna Halbe als »kleines Arbeitermädel, trotzig und entschlossen, mit gesundem Blut und gutem Hass« bezeichnet. Dafür wurde er in der Bundesrepublik mit Vergessen gestraft und in der DDR der 1950er-Jahre als »Arbeiterdichter« gerühmt. Kein Geringerer als Walter Ulbrichts persönlicher Referent Otto Gotsche betreute die Neuausgaben des *Mädchens an der Orga Privat* und von *Junge Leute in der Stadt*, weitere Ausgaben folgten in den 70er-Jahren, und innerhalb der »Kleinen Arbeiterbibliothek« des Münchner Damnitz-Verlags erschien *Das Mädchen an der Orga Privat* 1975 doch noch in der Bundesrepublik. Aber eine echte Renaissance hat Rudolf Braune nicht erlebt. Auch nicht durch zwei Auswahlbände, die 2004 bzw. 2015 zahlreiche kurze Texte wieder greifbar gemacht haben.

Dabei war und ist Rudolf Braune viel mehr als ein »Arbeiterdichter«, und man muss weder Kommunist noch links eingestellt sein, um seine wichtigen Texte genießen zu können. Rudolf Braune war schlicht und ergreifend ein großartiger, viel zu früh verstorbener Schriftsteller, ein genauer, warmherziger Beobachter mit einem klaren moralischen Kompass, dessen unsentimentale, einfache Sprache an Hans Fallada erinnert.

Das Mädchen an der Orga Privat ist ein Zeitbild von 1928, dem letzten Jahr der Goldenen Zwanziger, in dem eine entlassene Angestellte noch problemlos eine neue Stelle fand. Aber der Roman ist auch frappierend aktuell, was den Umgang der männlichen Chefs mit ihren weiblichen Angestellten betrifft. Den Begriff »MeToo« kannte man noch nicht, doch schon damals gab es Menschen wie Rudolf Braune – und seine Heldin Erna Halbe –, die solche frauen- und menschenverachtenden Verhältnisse nicht einfach hinnehmen wollten. Ihr Kampf für die Gerechtigkeit scheitert, doch sie stecken nicht auf – voller Zuversicht, beim nächsten Mal erfolgreich zu sein. Heute, 90 Jahre später, sind wir ihrem Traum ein ganzes Stück näher gekommen.   Arnt Cobbers

Anmerkungen

Der Lunapark war Anfang des 20. Jahrhunderts der berühmteste Vergnügungspark Berlins. Er lag am nordöstlichen Ende des Halensees, wo heute der Autobahn-Stadtring und der Zubringer vom Rathenauplatz verlaufen. Auf dem über fünf Hektar großen Gelände befanden sich Rummelattraktionen wie Karusselle und Schießbuden, eine Wasserrutschbahn, die direkt in den Halensee führte, eine Freiluftbühne, auf der Künstlerinnen und Künstler auftraten, und eine Gaststätte, auf deren Terrasse 10.000 Menschen Platz fanden. Wegen rückläufiger Besuchszahlen wurde der Lunapark 1934 geschlossen und ein Jahr später abgerissen.

Der Eiserne See war der Vorläufer des heutigen Autoscooters. In kleinen elektrisch betriebenen Wagen rutschten die Besucherinnen und Besucher über eine große Blechfläche.

Die Shimmy-Treppe war eine wackelnde Treppe, deren Stufen sich ständig auf und ab bewegten. Ein Gebläse wirbelte dabei die Kleidung der Besucherinnen und Besucher hoch. Der Shimmy wiederum war ein in den 20er-Jahren beliebter »Schlenker«-Tanz.

Als Kasha bezeichnet man einen weichen Stoff aus Wolle, der Flanell ähnelt.

Voile ist ein transparenter feinfädiger Stoff, der meist aus Baumwollgarnen hergestellt wird.

Der D.H.V. war der Deutschnationale Handlungsgehilfen-Verband, Ende der 1920er-Jahre die größte Angestelltengewerkschaft Europas.

»Ein Meisterinnenwerk!«
Andreas Öhler, *Die Zeit*

Taschenbuch, 192 Seiten
ISBN 978-3-89773-970-3

Mit Fleiß, Mut und einem klaren Ziel vor Augen schafft Frau Hempel den Aufstieg aus der Hauswartswohnung im Souterrain eines Charlottenburger Mietshauses raus ins Grüne, wo sie zur stolzen Pächterin einer Badeanstalt wird. Und für ihre Tochter hat sie natürlich auch große Pläne.

Frau Hempels Tochter bedeutete den Durchbruch für Alice Berend, die zu einer der erfolgreichsten deutschen Schriftstellerinnen der 1910er-und 20er-Jahre wurde. Damals verlegt von S. Fischer und gepriesen als große Humoristin, ist Alice Berend unbedingt wiederzuentdecken. Ihre Bücher bestechen durch den genauen Blick aufs echte Leben, lakonischen Erzählstil und trockenen, treffenden Witz. Einfach herzerwärmend.

Hempels bedurften keiner Weckuhr, die erste Straßen-bahn, die am Morgen ihren Weg gesaust kam, ließ Betten und Stühle, Tisch und Schrank tanzen und schwingen, wie wenn ein Zauberstab sie berührt hätte.

Die natürlichsten Mittel sind die besten. Frau Hempel erwachte davon ohne jede Vorbereitung. Sie richtete sich auf und sagte: »Der Haushahn hat gekräht.«

Mit einem langen Gähnen nahm sie Abschied von der Nacht und der Ruhe, zündete ein Licht an, schlurfte zum Fenster und öffnete die Laden. Ein grauer Schein fiel in den viereckigen Raum, wo die Betten allen anderen Dingen den Platz wegnahmen.

Wenn die zweite Bahn mahnend an den Möbeln rüttelte, stand Frau Hempel schon im roten Unterrock da. Sie schlug ein Tuch um die Schultern, holte das große Schlüsselbund von der Wand und klapperte auf Holzpantinen hinaus.

Die schwere Haustür wurde aufgeschlossen, und einen Augenblick lang blinzelte Frau Hempel auf die Straße hinaus, die grau und leer war. Dann machte sie kehrt, um die Tore des Gartenhauses zu öffnen.

Zwischen den Steinen des schmalen Hofes lagen zwei grüne Rasenflecke, die ein Wasserbecken umkreisten, in des-sen Mitte ein angeschwollener Knabe auf einem Bein stand. Er nagte an einem Fisch, aus dem er an heißen Tagen einige Wassertropfen zu blasen hatte.

Kleine Ursachen, große Wirkungen. Diese bescheidenen Gegenstände waren der geheime Grund, aus dem sich der steinerne Kasten hinter dem Vorderbau das Gartenhaus nennen durfte. Hier, vor den Fenstern, verlor Frau Hempel mit lautem Klack einen Holzpantoffel. Ehe sie ihn wieder auf den Fuß schob, blickte sie mit zusammengekniffenen Augen nach dem ersten Stockwerk hinauf, wo Graf von Prillberg wohnte, der gern das Fenster aufriss und »Ruhe« schrie. –

Als Frau Hempel wieder in ihre Wohnung zurückkehrte, war es im Zimmer lebendig geworden. Hempel zog sich die dicken, grauen Socken an, und hinter dem Vorhang aus grüner Wolle hörte man Laura sich plätschernd waschen.

»Beeilt euch«, rief Frau Hempel und verschwand in der Küche. Das war ein kleiner Raum, der immer dunkel war, denn sein vergittertes Fenster versuchte vergeblich nach dem Hof hinauszusehen. Erst als das Feuer auf dem Herd aufloderte, wurde es behaglicher hier. Die Kaffeemühle wurde mit kräftigem Arm geschwungen und auf die Glut ein großer, brauner Topf gesetzt, der den Vorrat an Kaffee für den ganzen Tag barg und stets in der Nähe des Feuers bleiben musste. Er durfte niemals kalt und leer werden. Er bedeutete für Frau Hempel dasselbe, was den Vestalinnen die heilige Lampe war.

Wie es weiter geht, erfahren Sie im ersten Band der Berlin-Bibliothek: Alice Berend, *Frau Hempels Tochter*